ミス・吸血鬼に幸いあれ

赤川次郎

集英社文庫

イラストレーション／ホラグチカヨ
目次デザイン／川谷デザイン

ミス・吸血鬼に幸いあれ

CONTENTS

ミス・吸血鬼に幸いあれ

吸血鬼は初恋の味

少　女

俺の人生は何だったんだろう……。

――男はたいていトシを取ると、ときどきこんなことを考えるものである。

特に、会社に勤めていると、社長とか取締役とか、よほど偉いポストにつかない限り、六十歳で停年という「ゴール」がいやでも待ちうけている。

ゴールインしても、自分なりに色々やりたいことがある人間はともかく、「仕事一筋」で、趣味らしい趣味もなく過ごしてきてしまった者は、停年を前に、

「会社に行かなくなったら、毎日何をすりゃいいんだ？」

という、漠然とした不安を抱えることになるのだ。

今、須川雄介《すがわゆうすけ》も正にそういう気分でいた。

地下鉄は、もうラッシュアワーを過ぎて、それでも座席は埋まっているので、須

川は扉の傍《そば》に身をもたせかけて、立っていた。

本当なら、須川のように五十八歳にもなれば、夜九時十時まで残業しなくてもいいようなものだが、須川の勤め先はついこの春に、リストラで社員の四分の一を辞《や》めさせたばかりだった。

須川が残れたのは幸運としか言いようがなかった。その代わり、三十代、四十代の働き盛りの社員と同じように仕事をしなければならない。

もう十時を過ぎていた。

家へ帰れば、十一時を回ってしまう。

十月も末。郊外の我が家の辺りは、もう寒くなっている。

――手すりにもたれかかって、須川はちょっとの間ウトウトしたようだった。

ふと気がつくと、大分車内は空《す》いてきていて、いくつか空席が見える。

何もわざわざ立っていることもない。須川は近い空席に腰をおろしてホッとした。

まだ二十分くらいは乗っていなくてはならない。ここで座れたのは運がいいというものだ。

電車の心地よい揺れに身を任せていると、いつしか眠ってしまう。——この年齢になると、「眠い」という状態を素通りして眠り込んでしまうのだ。

「——おっと」

目を覚まして、一瞬焦《あせ》った。

乗り過ごした！

車両には、須川一人しか乗っていなかったのだ。こんなことはまずない。よほど遠い終点近くまで来てしまったのだろう。

「やれやれ……」

と、ため息をつく。

めったにないことである。四十代のころには、仕事の後、同僚と飲みに行って、帰りの電車で眠りこけてしまい、終点まで行って車掌に起こされる、という経験を何回かした。

しかし、最近は年齢のせいもあって眠りが浅いので、すぐに目を覚ましてしまうのだ。それなのに……。

腕時計を見て、須川はびっくりした。十二時ぴったりになっている。

十二時？　──終点まで行っても、そんなに遅くはならないはずだ。

じゃ、この電車は？

改めて車内を見渡した須川は、いつもと違う雰囲気に戸惑った。

いくら遠くまで来たとしても、他に乗客が一人もいないはずがない。そして、窓の外は全くの闇。

こんなことがあるだろうか？

不意に電車はスピードを落として、やがて窓の外が明るくなった。

ここはどこだ？　こんな駅、あったか？

見えるのは白い壁。溢《あふ》れるようなまぶしい光。ホームの階段もベンチもない。駅名も出ていない。

すると、車両の中に一人の少女が立っていた。

どこから来た、というのでなく、突然そこに立っていたのである。

セーラー服を着たその少女は、真っ直ぐに須川を見つめていた。

この子は……誰だったろう？

くっきりと弓形の眉、真っ直ぐな唇、そして黒い瞳……。

知ってる！　俺はこの子を知ってるぞ！

するると少女が微笑んだ。

「私のこと、憶えてる？　須川君」

この声。――少し鼻にかかった独特の声が須川の記憶を呼びさました。

「ああ。憶えてるとも！　しのぶ君だ。朝井《あさい》しのぶ君じゃないか！」

「良かった。憶えててくれたのね」

「忘れるもんか！」

須川は、十六歳のままの朝井しのぶがそこに立って、五十八歳の自分へ話しかけていることを、少しも不自然だと思わなかった。

朝井しのぶは、須川の隣に来て座ると、

「いつも、須川君のこと、思い出してたわ。どうしてるかな、って」

「君が？　だって君は――クラスの人気者だったじゃないか」

「いくら人気があっても、愛せる人は一人しかいないわ」

「まあ……そうだけど」

「今、どうしてるの？　奥さん、いるんでしょ？」

「うん。――一応ね」

「子供さんは？」

「娘が一人。もう大学生だ」

「いいなあ。幸せなんでしょうね」

しのぶが須川の方へもたれかかってきて、腕を絡《から》めてきた。――確かに彼女はここにいるのだ！　そのぬくもりまで、須川は感じた。

「私――須川君のことが好きだったんだ」

と、しのぶが言った。

「何だって？」

須川は耳を疑った。

「君が僕のことを？　――まさか」

「あら、どうして？　あなた、私のことなんか、目もくれなかったじゃないの」

「そうじゃない！　君に嫌われるのが怖くて、声をかけられなかったんだ。僕の初恋の人は君なんだよ」

しのぶが潤《うる》んだ目を向けて、

「本当なの？」

と訊《き》く。

「もちろんさ！」

「じゃあ――お互い好きだったのね！　どうして声をかけてくれなかったの？」

「いや、まさか……」

須川も何と言っていいか分からなかった。

「そんなこと……考えてもみなかったわ」

と、しのぶは、じっと恨みをこめた目で、

「そう言ってくれてたら……。私たち、きっと恋人同士になって、結婚してたわね。今ごろ、子供も大きくなって、二人で旅行でもして……」

「しのぶ……」

「そうだったら、どんなに幸せだったかしら！」

須川は思わずしのぶをしっかりと抱き寄せていた。

「戻れたら……。あのころに」

と、しのぶが呟《つぶや》くように言って、

「でも、そんなの不可能だわ。私はつまらない男と結婚して、一生を悔やみながら過ごすんだわ」

「そんなこと──。君は幸せにならなきゃいけないよ！　しのぶ、僕が君を幸せにするよ！」

須川は固く少女を抱きしめた。

しのぶの体は消え去りもせず、溶けてしまいもしなかった。須川の腕の中で、今にも壊れてしまいそうに儚《はかな》く息づいていた。

「嬉《うれ》しいわ……。でも、それは無理よ」

と、しのぶが首を振る。

「しのぶ……」

「あなたには家族がいるんだもの。それを捨ててくれなんて、私には言えないわ」

「だが……もし捨てたら？」

須川は本気だった。

「そしたら、私、またあなたに会いに来るわ」

「どうやって？」

「心配しないで。あなたがどこにいても、私、こうして会いに来られるの」

しのぶが、ふと真顔になると、須川の唇に唇を重ねた。――須川の体がカッと熱くなる。

「じゃあ、須川君。私、行くわ」

「待ってくれ！」

「会いに行くわ」

しのぶが立ち上がって離れる。まるで見えない糸に吊られているように、しのぶは滑るように遠ざかっていった。

「しのぶ！」

と、須川は叫んだ。

――車両の中の乗客たちが、けげんな表情で須川を見ていた。

須川は車両の中を見渡した。もちろん、朝井しのぶの姿は見えない。

電車は走り続けていた。

須川の降りる駅が近づいてきた。

――あれは何だったんだ？

俺は夢を見ていたのか？

須川は、危うく本当に電車から降り損なうところだった……。

錯乱

何かよほどのことがあったんだわ。

——エリカは一目弥生《やよい》を見て、そう思った。

「あの子か」

一緒に来たフォン・クロロックは、肯《うなず》いて、

「いつも、むやみやたらと明るい女の子だな」

父の言葉に、神代《かみしろ》エリカは思わずふき出しそうになったが、

「その『明るい弥生』が、あんなむつかしい顔してるんだもの、普通じゃないわ」

明るいパーラーの奥のテーブルで、弥生が手を上げてみせた。

「——エリカ！　ごめんね、お休みの日に」

今日は土曜日。二人の通う大学は休みではないが、エリカは取っている講義がな

いので、結果としてお休みなのである。

「父は知ってるわね」

エリカは椅子にかけて言った。

「ええ。――会社、お休みなんですか？」

と、須川《すがわ》弥生は訊《き》いた。

「忙しい者は出社しておるが、社長などというものは、お茶もいれられん。なまじ出社すれば、社員はいらぬ気をつかうことになるからな」

と、クロロックは言った。

飲み物を注文して、エリカは言った。

「弥生、相談ごとって、何なの？」

「うん……。こんなこと、誰に相談していいか分かんなくて」

須川弥生はため息をついた。弥生がため息をつくこと自体、珍しい。

「お役に立てることなら……」

「ともかく話してみなさい。このフォン・クロロック、長い人生にたくわえた知恵というものがある。たいていのことなら、助言できよう」

大きく出ちゃって。——エリカはチラッと父の方をにらんだ。

フォン・クロロックは確かに「長い人生」を送ってきている。何しろ中部ヨーロッパ、トランシルヴァニアを追われて日本まで逃げのびてきた、本家本物の「吸血鬼」。

すでに何百年かの長い時の流れを経験してはいるが——。

「あのね」

と、弥生が言った。

「父が母と離婚したい、って言い出したの」

「それって——」

「待って。普通の別れ話だったら、私もあなたに相談しないわ」

「普通じゃない、ってこと?」

「そうなのよ」

と、弥生は肯いて、

「クロロックさんって、色んなふしぎなことができるって評判でしょ。もしかしたら、父のことも……」

「お父さんのどこが『普通じゃない』わけ?」

「それがね、父は母と別れて、初恋の人と再婚するって言うの。『あ、あ、あの子には俺が必要なんだ』なんて言うのよ」

「初恋の人と再会したわけね」

「そうらしい。でもさ、いくら初恋の人でも、当然、自分と同じくらいの年齢になってるわけでしょ?」

「そりゃそうでしょうね」

「ところが、父が言うには、『しのぶは昔のまんまなんだ』って。しのぶっていうのが初恋の人らしいんだけど」

「昔のまま?　つまり、年齢《とし》とってないってこと?」

「そうなのよ。そんなこと、あるわけないでしょ?　大方、父が夢でも見たんだろうと思うんだけど、父は絶対に本当だって言い張るし」

「そんなこと、あるわけない。ね、お父さん?」

と、エリカがクロロックを見ると、

「うむ……」

クロロックはむずかしい顔で腕組みをしていた。

「お父さん――」

「まあ待て。――弥生君と言ったか。君のお父さんは、どこでその初恋の彼女と会ったのかな？」

クロロックの問いに、弥生は父の話してくれたことをできるだけ詳しく伝えた。

「電車の中か……」

「やっぱり、座ってて居眠りしたのよね」

と、エリカが言った。

「まあ、常識的に考えればそうだろう」

と、クロロックが肯く。

「他に何かあるの？」

「むろん、めったにないことだが――」

と、クロロックが言いかけたとき、弥生が席から腰を浮かした。

「お父さん！」

店に、背広姿の男が入ってきた。その勢いからして、何か激しい感情に駆り立てられている様子だ。

「――弥生、ここにいたのか」

「お父さん、どうしたの？」

「母さんに聞いた。これは父さん個人の問題だ。他人の口出しなどいらん」

「待ってよ。私、ただ相談にのってもらおうと――」

「それが余計なことなんだ！」

須川が怒鳴った。

「須川さん、弥生さんの友だちの神代エリカです。どうか落ちついて下さい。大声を出すと、お店にも迷惑ですし」

「俺のせいじゃない！　勝手なことをする娘のせいだ」

と、須川が言い返すと、弥生もカッとなった。

「何よ！　お父さんがわけの分からないこと言い出すからじゃないの！」

「子供の知ったことか！」

「何ですって？　お父さんのことを心配すればこそ、言ってるんじゃないの」

そこへ、

「あなた！」

と、駆け込んできた女性。

「お母さん――」

「まあ。ご迷惑をかけて、すみません」

「この人の夫人でいらっしゃる」

と、クロロックが言った。

「はい。須川照代《てるよ》でございます。主人がお騒がせを……。あなた、帰りましょう。家でなら、いくら怒鳴ってもいいわ」

須川は、自分の腕を取っている妻を見ると、

「お前は帰れ。弥生を連れて帰れ」

「あなたは？」

「俺は俺の家へ帰る。あそこは俺の家じゃない」

「あなた！　何を言ってるの？」

照代が青ざめた。

「だから言ったろう。——間違いだったんだ。お前と結婚したこと自体が、訂正されなきゃならなかったんだ」

「あなた……」

「俺の妻はしのぶだ。俺はあの子と結ばれるべきだった。それが正しい人生だったんだ」

須川は、目を輝かせて言った。

「俺はあの子とやり直す。新しい人生を生きるんだ。——幸福になるぞ。俺は今の何倍も幸福になる！」

照代は夫から手を離して、よろけた。

「あなたは……不幸だったって言うのね。私たちとの暮らしが」

「そうだ。ただ働いて、疲れて、余生を送るだけだ。これが人生か！　俺は、すばらしい人生を、もう一度生き直すのだ」

照代は青ざめた顔で、

「分かったわ。——あなたの好きにすればいいわ。弥生、帰りましょう」

「お母さん……」

「もう、何もかもむだよ。お父さんはいなくなってしまったのよ。どこにもいないわ」

そのとき、クロロックが口を挟んだ。

「あんたは、いくつまで生きるつもりかな?」

須川は、ゆっくりとクロロックを見て、

「俺に訊いたのか」

「むろんだ。今、五十七か? 八か? ——これから、十六、七の女の子とやり直すのは楽ではあるまい」

「大きなお世話だ!」

と言い捨てると、須川は大股に店を出ていってしまった。

照代が、放心したように椅子に腰をおろす。

「お母さん……」

弥生は母の肩に手をかけて、言うべき言葉も見つけられずにいた。

「なるほど、これは深刻だ」

と、クロロックが言った。

「何とかしてあげられる？」

「さてな……。もし原因がはっきりしているのなら、取り除くこともできるが」

と、クロロックが首を振って呟《つぶや》いた。

そのとき、店の中にいた女の子が一人、立ち上がって、エリカたちの方へやってきた。

「――すみません」
十五、六のその女の子は言った。
「今、ずっと見てたんですけど、うちでもそっくりなことがあって、お父さんが出ていっちゃったんです」

「ほう？」

「聞いてると、たぶんお父さんと同じだったんじゃないかな、って……」

「君の名前は？」

「私、沢田真衣《さわだまい》といいます。――お父さん、半年くらい前に、やっぱり電車の中で初恋の人に会ったって言って……」

話を聞くと、須川の場合とそっくりだった。

「――お父さんはいくつだね？」

「五十八でした」

と、沢田真衣は言った。

「でした、というのは？」

「家を出ていったんですけど、一週間して、ビルの屋上から飛び下りて死んだんです」

真衣の言葉に、照代と弥生が息をのむ。

「そうか」

クロロックが肯いて、

「すべてが幻であったことに気づいたのだろうな」

と言った。

「だから、行かせちゃだめです！　どんなことしても引き止めないと！」

沢田真衣が真剣に言った。

「ありがとう……」

弥生が真衣の手を取って、

「ありがとう……」

と、くり返した……。

病《やま》い

「図書館やインターネットで調べてみたけど」

エリカが、テーブルに資料を積んだ。

「最近、六十歳間近で自殺してる人が多いんだね」

「うむ……。たった六十年で、人生が終わったような気になってしまう。人間とは不便なものだな」

と、クロロックは言った。

「そりゃ、お父さんから見ればそうだろうけど」

「これが全部、あの須川《すがわ》という男と同じだったわけではあるまい。しかし、何件かはきっとあるだろうな」

「どういうこと？」

「説明するのは難しいが……。人の心の空白に、ちょうど人体にウィルスが侵入するように入り込むのだ」

「初恋の人が？」

「それは色々ある。果たせなかった夢とか、死に別れた家族とか……」

「ふーん」

エリカは感心している。

「人間って、いくつになってもロマンチックだね」

「——ロマンチックがどうしたの？」

と、涼子《りょうこ》が顔を出して、

「あなた！　どこかで可愛い子でも見つけてロマンチックな気分になったんじゃないでしょうね！」

「何を言うか！　私にとってはお前こそロマンそのものだ」

「本当かしら。——最近は冷たいじゃないの」

と、涼子がすねている。

「そんなことはない！　私はお前が虎《とら》ちゃんの世話で疲れているだろうと思って、

遠慮しておるのだ」

「遠慮なんかしないで！　疲れているからこそ、慰《なぐさ》めがほしいのよ」

涼子はクロロックに甘えかかる。

「そうか。そういうことなら……。エリカ、すまんがこの話はまた」

「はいはい」

エリカは、クロロックがヒョイと涼子を抱き上げて寝室へと入っていくのを見送って、

「ごちそうさま」

虎ちゃんが目をさましたら邪魔だろう。

エリカは、居間のソファで眠っている虎ちゃんを抱き上げて、ちょっと「散歩」に出ることにした。

——全く、こんなに両親に気をつかってる娘がいるかしらね。

エリカは夜のマンションのロビーで、子守りよろしく虎ちゃんを抱いて、ブラブラと歩き回っていた……。

「酔っ払いかしら？」

「いやね」

と、ヒソヒソ囁《ささや》き合う声がしていた。

——その男は確かに普通ではなかった。

橋口《はしぐち》みどりと大月千代子《おおつきちよこ》——二人ともエリカの親友だ——は、二人で映画を見ての帰りだった。

電車に乗っていると、その男が乗ってきたのだ。

背広姿だが、ネクタイは曲がり、ワイシャツはズボンからはみ出してしまっている。目つきがおかしく、どこかあらぬ方を見ている。

「何だか変な人ね」

と、みどりが言った。

「聞こえるわよ」

と、千代子が肘《ひじ》でみどりをつつく。

車内は混んではいないが、空席もなく、数人が立っている状況。

そして、次の駅に着いたとき、みどりたちの隣が空《あ》いたのだ。いやな予感は当たって、その男がやってくると、空いた所へ腰をおろした。

電車が動き出して少しすると、男は隣のみどりへ、

「君らは大学生？」

と話しかけてきた。

知らんぷりをするということのできないみどり、

「そうですけど……」

「大学生か！　すばらしいね！」

と、男はため息をついた。「僕も大学生だったころがある。もう十五、六年も前のことだがね」

「はあ」

「そのころには、人生が輝いて見えたよ。どんなことでもやれそうな気がしてね」

男は首を振って、「だが――君たちもね、人生を信じちゃいけないよ。人生ってやつは、人に散々期待させ、夢を持たせといて、突然裏切るんだ。そうなんだよ」

「そうですか」

「僕はね、今日の午後三時まで、そのことに気づかなかった。馬鹿だったよ」

「おやつでも食べそこねたんですか？」

みどりが大真面目《おおまじめ》に訊《き》くので、千代子はため息をついた。

「――まあ、それに近いかな」

と、男は笑って、

「君は面白い子だね」

「よくそう言われます」

「僕はね、医者に行ってきたんだ」

「風邪《かぜ》ですか」

「そんなものだと思ってた。ところがね、医者の奴、言ったんだ。『君の寿命はあと三カ月』って。――分かるかい？　神様でもないのに、『お前はもう三カ月しか生きられない』って言ったんだ」

「大変でしたね」

「僕は、町を歩き回った。気がつくと、夜になってた。そして、この電車に乗った……」

男はぼんやりと車内を眺めて、

「どこへ行くって、あてはないんだ。大体この電車がどこへ行くのかも知らない」

「よく見た方がいいですよ」

と、みどりは忠告した。

「うん。しかし——」

と言いかけて、男は突然笑い出した。

「どうかしたんですか？」

「分かったんだよ、この電車の行き先が」

「そうですか」

「この電車は僕を運んでくれる。——あの世へね」

「それって、ちょっと違うと思いますけど」

「いや、違わない」

男はみどりの方を向くと、

「君も一緒に来るんだ」

「は？」

男がポケットからいきなりナイフを取り出すと、みどりの喉《のど》へ突きつけた。

「あの——危ないですよ」

みどりが目を丸くする。

「危ないね、全く。人生ってのは危ないんだよ、君！」

「みどり！」

千代子が腰を浮かす。

「みんな離れろ！　この子を殺すぞ！」

と、男が怒鳴る。

車両の中は、たちまち大パニックになった……。


「ここは立入禁止だ！」

と、警官が両手を広げて立ちはだかった。

「あの、友人が人質にされてるんです」

と、エリカは言った。

みどりにナイフを突きつけている男は、電車の中にいる。電車は今、この駅に停車したままになっていた。

千代子からケータイで事件を知ったエリカは、父とともに駅へやってきたのだが、ホームへ上がる階段へ、警官が入らせない。

「ともかくいかん！　立入禁止だ」

クロロックがエリカを抑えて、

「まあ待て。――立入禁止とあれば仕方ない」

「でも――」

「立入禁止なら、飛んで入ればいいわけだ」

「何だと」

警官が顔をしかめて、

「妙な真似をすると――」

「妙な真似をしているのは、あんたの方ではないかな？」

と、クロロックは言った。

すると――警官の体がフワリと浮かび上がった。

「あ……あの……」

「見ろ、エリカ。ちゃんとどいてくれたではないか。真心というものは通じるものなのだ」

「そうだね」

「お、下ろしてくれ！」

警官は宙に浮かんで、手足をバタバタと動かしている。

エリカとクロロックは階段を上がっていった。

「下ろしてくれ！」

警官が叫んでいた。

「下ろしてやるか」

クロロックがちょっと手を振ると、ドスンと落っこちた警官、気を失ってしまった。

「――エリカ！」

ホームにいた千代子が駆け寄ってくる。

「千代子、みどりは？」

「うん、まだ電車の中」

千代子から事情を聞くと、クロロックは肯いて、

「困ったものだな。——分かった。話してみよう」

「私も行くわ」

電車は停まっていて、扉は開いたままになっている。他の乗客はみんな降りてしまっていた。

「——誰だ！」

エリカとクロロックが入っていくと、男はみどりの喉にナイフを突きつけた。

「近づくとこいつを殺すぞ！」

「まあ落ちつけ」

と、クロロックは穏やかに言った。

「みどり、安心して」

と、エリカは言った。

「安心したいけど……」

「こいつの知り合いか」

男は血走った目で言った。

「その子を離して。そんなことしても、何にもならないでしょ」

「俺は死ぬんだ。何も怖くないぞ！」

クロロックが足を止めた。

「待て」

と、エリカを止める。

「どうしたの？」

「空気が乱れている。――何か起こるぞ」

すると、車両の中に、セーラー服の少女が現れたのである。

「お父さん――」

「静かに」

と、クロロックが言った。

「小山《こやま》君。私が分かる？」

と、少女が声をかけると、男は目をみはって、

「君……。何てことだ。こんなことって……」

と、愕然としている。

「久しぶりね。小山君」

「美奈子《みなこ》……。美奈ちゃんだ！」

「分かった？」

「当たり前だよ！　初恋の人を忘れるもんか」

小山という名らしい男は、みどりのことなど忘れたように、

「美奈ちゃん……。君は少しも変わらないね」

エリカが手招きすると、みどりはそっと小山から離れた。

「——小山君は、幸せ？」

「いいや。僕は不幸なんだ」

「可哀そうに。誰か愛した人はいなかったの？」

「愛したと思った女はいたよ。でも、結婚したら、その女はガラッと変わっちまった……」

「そう」

「三年ともたずに別れたよ。それからはずっと一人だ」

「そうなの」

「美奈子ちゃん！　君と一緒にいたころに戻れたら……。僕は、君となら、きっと

幸せになれたよ」

「そう？　私もそう思ってたわ」

「でも、もう手遅れだ」

「どうして？」

「僕は病気で死ぬんだ」

「遅くはないわ」

と、少女は言って、小山のそばへ寄っていった。

「遅くない？」

「そうよ、今からやり直しましょう、私と二人で」

「本当かい？」

小山は、うっとりとした目つきで、初恋の少女が「そのころのままの姿」でやってくるのを見ていた。

「ええ、本当よ」

「美奈ちゃん……」

セーラー服の少女が、少し伸び上がって、小山の首に手をかける。

それを見ていたクロロックが、

「いかん！」

と叫んだ。

「危ないぞ！」

しかし、クロロックの声が小山の耳に届くと同時に、小山に抱きついた少女が恐ろしい力で小山の首をひねった。骨の砕ける音がして、小山は目を大きく見開くと、その場に崩れ落ちた。

少女が甲高《かんだか》い笑い声をたてた。

「過去よ、消え去れ！」

クロロックが高らかに命ずると、少女はキッと振り返った。目が血走って、ゾッとするような顔立ちになっている。

クロロックがマントを広げて、大きくはためかせると、車両の中に凄《すご》い風が巻き起こった。

少女が風をよけようと両手で顔を覆《おお》う。

しかし、渦巻く風が少女を巻き込むと、少女の体は粉々になって吹き散らされていき、消えてしまった。
——後には、すでに命の絶えた小山の体だけが残っていた……。

滅びた夢

「これか」

クロロックがホッと息をついて、

「それにしても、かなりのものだな」

エリカも同感だった。

――その工場を捜し当てるのに、一時間近くも歩き回ってしまった。

いかに体力のある吸血鬼父娘《おやこ》でも、気分的に疲れてしまう。

「何回もこの前、通ったよね」

と、エリカは、ほとんど廃墟と化している工場の、赤さびだらけの建物を見上げた。

「看板が、ほぼ完全に消えかかっとるのではな」

クロロックが苦笑する。

確かに、どう頑張っても、〈江口《えぐち》工務店〉とは読めない。何しろ、ちゃんと残っている文字は〈工〉だけなのだから。

「今でも、人が住んでるのかしら？」

「分からんな。少なくとも繁盛しとらんことだけは確かだ」

吸血鬼ならずとも、それは分かったろう。

「――失礼します」

広いガレージくらいしかない〈工場〉だが、中を覗《のぞ》いても、ただ真っ暗なだけ。

「どなたかいませんか」

と、エリカの声が、建物の中に響く。

「空家か」

「そうね。――一応、須川《すがわ》さんの同窓会名簿を調べて、この住所だったたんだけど」

須川雄介《ゆうすけ》が出会ったという「初恋の少女」朝井《あさい》しのぶの消息を、卒業校へ問い合わせて訊《き》いたのである。

朝井しのぶは結婚して、〈江口〉という姓になっていた。その連絡先はこの〈江口工務店〉である。

「――お父さん」

「誰か来たようだな」

建物へフラリと入ってきたのは、一見してヤクザと分かる二人組。

「おい、てめえら、ここで何してやがるんだ？」

と、一人が凄《すご》んだ。

「何をしているように見えるかな？」

「なめた口、ききやがって。――てめえらも借金の取り立てか」

「お前らはそうらしいな」

「『お前ら』だと？　おい、妙な格好のおっさんよ。言ってくれるじゃねえか」

と、一人がクロロックの胸ぐらをつかむ。

「シャツがしわになるので、やめてくれんか」

「やめてほしけりゃ、手をついて詫びな」

と言った一人は、クロロックにじっと見つめられると、フラッと揺れて、

「いや、誠に失礼いたしました」

と、ていねいに頭を下げた。

「分かればいい」

「さようで。よろしかったら、肩をおもみしましょうか」

もう一人がびっくりして、

「兄貴！　こんなどこの馬の骨か分からない奴に……」

と言いかけると、クロロックが、

「ほう。するとお前は『どこかの馬の骨』なのだな？」

「何だと？」

「理屈から言うと、そういうことになる」

「この野郎！　ふざけやがって――」

と、殴りかかってくるのを、クロロックは軽くよけて、

「栄養失調かな？」

と、指先でヒョイとつついた。

つつかれた男はゴロゴロと転がって、工場の建物の外まで行ってしまった。

「大変失礼いたしまして！」

クロロックの催眠術にかかっている兄貴分の方は、ペコペコと何度も頭を下げて、出ていき、目を回しているもう一人を引っ張って帰っていった。

「借金の取り立てに来てたのね」

と、エリカは言った。

「うむ……。このさびれ方も分かるというものだ」

と、クロロックが肯《うなず》く。

すると、奥の暗がりから、

「あなたたち、誰?」

と、声がした。

「見ておったのか」

明るい所へ出てきたのは、バットを手にした若い娘、作業服らしいものを着て、およそ身なりに構わない様子。

「あいつらを簡単に叩き出すなんて……」

と、呆気《あっけ》に取られている。

「君はここの娘かね」

「——ええ」

と、少し用心した目つきで、

「でも、お金ならないわよ」

「借金取りではない。江口しのぶさんに会いに来たのだ」

「母に？」

「娘さんか」

「江口幸子《さちこ》です。——母にどんなご用？」

そこへ、

「幸子。お客様に失礼よ」

と、暗がりの奥から声がした。

「お母さん。でも……」

「娘が失礼を申しまして」

力ない足どりで現れたのは、少なくとも須川雄介が電車で見たという「朝井しのぶ」ではなかった。

須川と同じ五十八のはずだが、見た目は、幸子という娘の祖母かとも思えた。

髪はほとんど真っ白で、老《ふ》け込んだ顔に生気がない。

「江口しのぶでございます」

「これはどうも」

クロロックはマントの裾《すそ》をつまんで、ていねいに一礼すると、

「胸を病《や》んでおられたようですな」

「まあ、よくお分かりで」

と、しのぶは微笑んで、

「どうぞ奥へ。――といいましても、バラックでございますが」

と、二人を促した。

――しのぶの言葉は、少しも誇張ではなかった。

正に「バラック」の家が、工場の奥にあった。

「以前は、ここは材料の置場だったのですが……」

すり切れた畳。それでも、しのぶは幸子に言ってお茶を出させた。

「借金の返済のために、本来の住居と土地は売ってしまったのです」

と、しのぶは言った。

「失礼ながら、ご主人は？」

と、クロロックは訊《き》いた。

「おりません」

「というと……亡くなったのかな？」

「さあ……。生きているのか死んでいるのか」

と、ため息まじりに、

「この小さな町工場で、真面目《まじめ》に仕事をしてたのです。私が会計や事務をやり、それなりに暮らしていました。ところが――不況で、この辺りも苦しくなり、そんなとき、主人は学校の先輩から、借金の保証人になってくれと頼まれ……」

「それはいかんな」

「せいぜい百万円ほどの借金のはずが、借りた当人が姿をくらましたときには三千万円にもふくらんでいて」

「それで倒産か」

「ええ。――それでも、お金を返せと、取り立てのヤクザがやってきて、主人はノイローゼ気味になり、ある日、『ちょっとタバコを買ってくる』と言って出かけたまま、帰りませんでした。もう三年になります」

「無責任だよ！」

と、幸子が怒っている。

「どんなことしたって、食べていくぐらいは……」

「幸子は高校生でした」

と、しのぶは娘を見て、

「高校二年で中退し、働いてくれています。私が、ちょうど肺を悪くして、無理ができないものですから」

「大変だな」

と、クロロックは肯いた。

「あの――クロロックさん、でしたか。ご用というのは……」

「うむ。ずっと昔だが、須川雄介という男を知っているかね」

しのぶがハッとしたように、

「須川君のことですね！　もちろん知っています」

「最近、会ったことは？」

「最近……ですか。夢でなら」

と、しのぶは微笑んだ。

「夢？」

「はい。ついこの間、夢を見たんです。とてもふしぎな……」

「どんな夢だね？」

しのぶは、少し思い出す間を置くように、

「——電車に乗ったんです。夜遅い電車みたいでした。みんな勤め帰りで疲れていて……。そこに須川君がいたんです」

「どんな様子で？」

「年齢《とし》をとり、疲れているようでした。でも、一目で分かりました。私、須川君のことが好きでしたから」

幸子が口を挟んで、

「その人と結婚しときゃ、今よりましだったよね、きっと」

「幸子。そしたら、あなたはこの世にいないのよ」

「そりゃそうだけど……」

と、幸子は不服そうに口を尖《とが》らしている。

クロロックが言った。

「須川に夢で会ったと言われたな」

「はい」

「須川と話をしたかね？」

「話ですか……。それはよく憶えていません」

と、しのぶは首を振ったが、

「ただ——須川君はしきりに私の方へ、何か話しかけていたような気がします。でも、話の中身は聞こえませんでした」

と、思い出したように言った。

「そうか」

クロロックは考え込みながら、

「その夢を見たとき、あんたは思わなかったかね？　この人と結婚していたら、私の人生は違うものになったのに、と」

しのぶは、ちょっと笑って、

「そう願わなかったか、って？　願いましたとも！　この年齢《とし》になって、こんな明日をも知れぬ暮らしをしているんですよ！　須川君と一緒になっていれば、せめてもう少し人間らしい暮らしができたでしょう」

そう一気に言ってから、しのぶはゆっくりと続けた。

「もちろん――夢の中だけでの話です。この子のこともありますものね」

「いや、気持ちは分かる」

と、クロロックが肯いた。

「でも、須川君がどうしたんですか？」

「うむ……。実は、彼の方が大変なことになっておるのだ」

「というと……」

「家を出て、姿をくらましてしまった。――あんたと一緒になって、やり直すのだと言ってな」

しのぶが唖然とした。

恋する幻

「たまたま、あんたと須川《すがわ》の気持ちがぴったりと重なったのだな」

と、クロロックは言った。

「でも、そんなふしぎなことが……」

と、しのぶは言った。

「おそらく、電車という空間が、時をつなぐトンネルの役を果したのだ」

「小山《こやま》という人を殺した、小島美奈子《こじまみなこ》っていう女性は、事故で二十歳《はたち》くらいのとき、亡くなっていたんです」

と、エリカが言った。

「つまりあの少女の幻《まぼろし》は、『死の世界』からやってきて、小山を連れていこうとしたのだ」

「でも須川君も何て無茶な！」

と、しのぶが言った。

「——お母さん、誰か来たよ」

と、幸子《さちこ》が腰を浮かす。

「私が呼んだ」

と、クロロックは言った。

「須川の妻君と娘だ」

工場の中へ、おずおずと須川照代《てるよ》と弥生《やよい》が入ってきた。

「——こっちだ」

クロロックに呼ばれてホッとした様子で二人はやってきた。

「まあ、こんな所へ」

と、しのぶが頭を下げて、

「江口《えぐち》しのぶです」

「——あなたが、朝井《あさい》しのぶさん？」

と、照代が目をみはる。

「ええ」

しのぶは微笑んで、

「ご覧の通りのおばあさんですわ。ご心配には及びません。須川君も、この本当の私を見たら、いっぺんで夢からさめますわ」

しばらく、照代は黙っていた。

幸子が母親の前に進み出て、

「分かったら帰って下さい！　母と私のことを笑うなら、出て行ってからにしてね」

と言った。

「幸子！」

「笑うだなんて、とんでもない」

と、照代は言った。

「主人が恋したのも分かります。こんなにすてきな方なら」

そのとき、クロロックが耳をそばだて、

「どうやら、あんたの旦那が、ここを捜し当てて来たようだ」

「須川君が？」

しのぶがサッと頰を赤らめて、

「奥様、ご主人を連れてお帰りになって下さい」

と言った。

「いいえ、ぜひ会ってやって下さい」

と、照代が言うと、

「あなた、ここよ」

と、須川を呼んだ。

「——お前、来ていたのか」

須川がゆっくりやってきて、しのぶと幸子を見た。

「しのぶさん……」

「須川君。——お久しぶり」

と、しのぶは言って、幸子の肩を抱き、

「娘の幸子よ。見ての通り、私はもう先も長くない。あなたの夢にお邪魔したのは、私の中の『過去』だったのよ」

「しのぶさん。――いや、君は昔のままのしのぶさんだよ」

須川の口調は、もう冷静さを取り戻した人間のものになっていた。

――クロロックから事情を聞くと、

「そんなことがあったのか」

と、須川はため息をついて、

「僕が、こんな呑気《のんき》なことをしている間、君は娘さんと必死で生きていたんだな」

「事情はどうあれ、会えて嬉しいわ」

と、しのぶが言った。

そのとき、工場の外に車の音がした。

「あの連中だわ！」

幸子がバットをつかむ。

「待ちなさい」

と、須川が、幸子の手からバットを取ると、

「僕は初恋の人のために、何かしてあげたい」

と、妻の方を見た。

「照代、分かってくれ」

「ええ、あなた。――守ってあげて、しのぶさんを」

「任せとけ！」

須川は腕まくりして、工場へガヤガヤと入ってきた五、六人のヤクザたちの方へ向かっていった。

「ここはお前らのような人間の来るところじゃない！　出ていけ！」

バットを手に、立ちはだかった須川は別人のように活き活きとして見えた。

「邪魔しやがると、けがするぞ！」

と、ヤクザたちが手に手に、鉄パイプや日本刀を持って怒鳴った。

「誰も通さないぞ！」

と、須川は両足を踏ん張って身構えた。

「お父さん――」

「大丈夫だ」

クロロックはニヤニヤして、

「任せておけ」

と、須川の後ろに立った。

「行くぞ！」

と、ヤクザたちが一斉に襲いかかろうとしたとき、クロロックはマントを広げて、フワリと宙に浮かび上がった。

ヤクザたちがギョッとして足を止める。

「――どうした！　かかってこい！」

須川はクロロックが後ろにいることなど知らないので、必死の形相《ぎょうそう》。

クロロックは、じっと見上げているヤクザたちへ、催眠術をかけた。

ヤクザたちは、宙に浮かんだクロロックが突然白い狼に変身し、しかも、工場の天井まで一杯になるほど巨大になって、真っ赤な口を開け、鋭い牙をむいて、

「グオーッ！」

と、咆《ほ》えるのを聞いて、

「逃げろ！」

「化物がいる！」

と、悲鳴を上げて逃げ出してしまったのである。

「——何だ、だらしない」

と、須川は、てっきり自分を怖がってヤクザたちが逃げたと思って、いい気分。

「しのぶさん、もう安心だよ」

「須川君……」

しのぶは、目に涙を浮かべて、

「私のために、そんな危ないことを……」

「違う人生は歩んできたけど、初恋の人が君だということは、決して変わらないよ」

と言った。

「——お父さん」

弥生がやってきて、

「見直したよ。凄《すご》くすてきだった」

「そうか？　実は内心びくびくもんだったがな」

と、須川は笑った。

「あなた。しのぶさんたちを何とか助けてあげられないの？」

と、照代が言った。

「ああ。弁護士に相談しよう。自分たちのせいでもないのに、こんな目にあわされるんじゃ、たまったもんじゃない」

須川はそう言って、

「しのぶさん。——僕もじき停年で、重役までは行けなかったが、多少はコネもある。幸子さんに、いい仕事を世話させてもらえないか」

「まあ……。申しわけないわ、そんなこと」

「いいんだ。これまで、人の役に立つようなことは何もしてこなかった。せめて一つだけでも、やらせてくれ」

「ありがとう」

しのぶが涙を拭《ぬぐ》った。

「——良かったね」

エリカは弥生の肩を叩いて言った。

「うん、ありがとう、エリカ」

「結局、お父さんが弥生やお母さんを愛してるから、うまく行ったんだよ」

「そうかな」

弥生はちょっと笑って、

「停年間近になって、家族に見直される父親って、珍しいかもね」

と言った。

「うちは停年ないからね」

と、エリカは言った。

吸血鬼には「寿命」もないのだ。――考えようによっては、「いつまでも働かされて大変だ」ということになるかもしれない。

「お父さん！」

と、エリカはクロロックに言った。

「みんな、これだけ揃《そろ》ったんだから、食事でもおごって！　社長でしょ」

「うん？　ああ、そうだな」

と、クロロックは肯《うなず》いて、

「――ま、経費で落とせるだろうな」

と、そっと呟《つぶや》いた……。

「照代じゃないか？」

という声に、びっくりして顔を上げる。

「まあ……」

「憶えてる？　加藤《かとう》だよ」

「ええ、もちろん」

照代は、少女のころの「初恋の人」が、すっかり髪も薄くなって、太った姿で立っているのを見た。

「元気かい？」

「見ての通りよ」

「それは良かった。――帰り？」

「ええ、家族でごちそうになってね」

クロロックのおごりで、お腹《なか》一杯食べた帰り、電車の座席で、夫と娘はぐっすり眠り込んでいた。

「この、口開けて寝てるのが、主人と娘」

と、照代は言った。

「そうか。幸せそうだな」

——幸せ。そう。他の人生を選べたとしても、これより良くなっていたかしら？

「そうね」

と、照代は微笑んで言った。

「幸せよ、私。とても……」

ミス・吸血鬼に幸いあれ

コンテスト

「エリカ。——エリカ」

どこからか父の声がして、神代《かみしろ》エリカは足を止めた。

「お父さん？」

キョロキョロして周りを見回すと、

「ここだ！」

父、フォン・クロロックが、道の向こう側で手を振っている。

「どうしたの？」

と呼びかけると、

「シッ！」

クロロックは首を振った。

何か内密の話があるらしい。

エリカは仕方なく、交通量の多い国道を、タイミングを見て素早く渡った。

信号のある場所まで大分遠い。

「――どうしたのよ」

「いや、すまん」

――吸血族の正統な血筋、フォン・クロロックは、スタイルは一応それらしく、黒いマントを翻《ひるがえ》らせている。

「何持ってるの？」

エリカは、父が何やら後生大事に抱えているのを見て、

「何か拾ったの？」

「馬鹿を言うな。これは写真のアルバムだ」

「何の写真？」

「それだ」

「は？」

「これを、お前が持って、家へ入ってくれんか」

と、クロロックは言った。

「いいけど。どうしてお父さんじゃいけないの？」

「それはまあ——色々ある」

わけが分からなかったが、エリカは父からそのアルバムを受け取った。

開いてみると、若い女性たちの写真である。一枚一人ずつで、モデルのようにポーズを決めて、カメラに向かってニッコリ笑っている子もいれば、ごく普通のスナップ写真もある。

どの子も大体二十歳《はたち》前後。一見して、可愛い子ばかりである。

「何なの、これ？」

「うむ。実は広告代理店の〈N〉から頼まれてな。〈ミス・ネックレス・コンテスト〉の審査をやってほしいと言われた」

「〈ミス・ネックレス〉？」

言われてみれば、どの写真の子も、ネックレスをつけている。

「でも——どうしてお父さんに？」

「そこはまあ、人生の先輩というか……」

「まさか」

「うちの広告を作った担当者が、このコンテストを任されていてな、ぜひにと言われて、断りきれなかった」

「ちっとも断る気なんかなかったんでしょ」

と、エリカは言ってやった。

「分かるか」

「一目でね」

「それはまずいな」

――クロロックの心配は、妻の涼子《りょうこ》である。

エリカより一つ年下の若妻は、大変なやきもちやき。クロロックが、若い女の子たちのコンテストを見ると分かったら、大騒ぎだろう。

「仕事だって言うのね。信じてもらうように、あんまりニヤニヤして写真を眺めてちゃだめよ」

と、エリカは言った。

「もちろんだ！」

と、クロロックは胸を張って、

「審査員は私情を挟むことなく、中立公正な立場で、厳正な審査に当たるのだ！」

「私を裏切るのね！」

と、涼子が目をつり上げて、クロロックを追い回している。

手にしているのは鉄パイプ——ならぬ、電気掃除機のパイプ。

プラスチックだから、殴られてもそう痛くはないが、それでもクロロックは、

「誤解だ！　これはあくまで仕事で——」

と、言いわけしながら逃げ回っている。

「嘘おっしゃい！　さっきもニヤニヤしながら写真を眺めてたじゃないの！」

「いや、それは光の加減でそう見えただけで……」

——エリカは、

「夫婦喧嘩は犬も食わない、と」

と呟《つぶや》くと、弟の虎ノ介《とらのすけ》に、

「どうせ、お母さんは当分ああやってお父さんと追いかけっこしてるよ。虎ちゃん

はお姉ちゃんと遊ぼうね」

「ワァ」

クロロックと涼子の間に生まれた「虎ちゃん」はまだ小さい。

それでもエリカ同様、半分は吸血鬼の血を受け継いでいるし、男の子だけあって少し乱暴だ。相手をしていると、ときどきかみつかれたりして楽ではない。

「——許さないわよ！」

涼子の声が夫婦の寝室の方から聞こえてきて、その後は静かになった。

「また夕ご飯が遅れる」

と、エリカはため息をついた……。

案の定というか、夕食は約二時間後になったが、涼子の機嫌はすっかり直っていて、

「私とお父さんは愛情で固く結ばれているもの、他の女が割り込む余地なんか、全然ないのよ」

などと言っている。

「もちろんだ」

と、クロロックは言って、涼子に素早くキスした。

「見ちゃいらんないわね」

と、エリカは呟いた。

食事の後、涼子は例のアルバムを取り上げると、

「私が選んであげるわ」

と言い出した。

「しかし——」

「文句ある？」

「いや、別に」

「男はだめよ。女の方が冷静な目で見られるの」

と、涼子はアルバムをめくっていく。

「この子は色っぽ過ぎてだめね。——これは垢抜《あかぬ》けてない。これはやせ過ぎ……」

涼子が次々に×印をつけていくのを、クロロックは情けない顔で眺めていた……。

電話が鳴って、エリカが出る。

「——はい、お待ち下さい。——お父さん、〈N〉の白石《しらいし》さんだって」

「おお、そうか」

クロロックが急いで立ってくる。

「ああ、クロロックだ。——うん、今、選考中だよ」

クロロックに、このコンテストの話を持ってきた広告代理店の男らしい。

「——何だって？——そりゃ構わんが。——うん、分かった」

クロロックは何だか妙な表情で電話を切った。

「どうしたの？」

と、エリカが訊《き》くと、

「うん、白石の言うには、〈ミス・ネックレス〉ではもう一つインパクトがない、というのだな」

「それで？」

「名称を変えたい、と言うのだ。——〈ミス・吸血鬼コンテスト〉に」

「〈ミス・吸血鬼〉？」

「まあ……主催者がそう言うのだから仕方ないな」

さぞかし吸血鬼のご先祖さま（？）が嘆《なげ》いているだろう、とエリカは思った。

「じゃあ、また少し違う目で見なくちゃね」

と、涼子はますます張り切っている。

そして、アルバムをめくっていくと、

「——この子、いいじゃないの」

と、一枚の写真に目を止めた。

夢

「じゃあね、バイバイ！」

自転車のペダルを踏みながら、友恵《ともえ》は友だちへ声をかけた。

「また明日！」

と、返ってきた声は、もう木立ちの向こうからだ。

――十一月になって、日の暮れるのが早い。

学校でクラブのある日は、帰り道、真っ暗になってしまうことも珍しくなかった。

今日はまだ少し明るさが残っている。

浜田《はまだ》友恵は、人気《ひとけ》のない林の中の道を、せっせとペダルを踏んで家へと急いだ。

高校二年生、十七歳。――高校への往《ゆ》き帰り、自転車を飛ばして四十分もかかる。

まだ今はいい。十二月に入ると雪が降って、自転車で通えなくなる。そうなると、雪が深いときは二時間近くもかかって歩いていかなくてはならない。

もう慣れたとはいえ、楽でないことに変わりはない。

もとは、山のこっち側にも高校があって、十五分も歩けば行けたのだが、生徒が減って廃校になり、山の向こうの高校へ通わなくてはならなくなった。友恵がちょうど入学する年からだ。

一緒に通う友だちがいれば、それでも救われるのだが、たった一人、一緒に山を越えていたさっき別れた友だちも、この暮れには都会へ越していって、友恵は一人で通わなくてはならなくなる。

考えただけでも気が重くなるというものだ。

今の友恵にとっての夢は、一日も早く、都会の大学に行くこと。

ビニールハウスで野菜を作っている父親は友恵が大学へ行くのに反対している。

でも、友恵は決心していた。

お父さんが何と言おうと、私、絶対に大学へ行ってやる!

コンビニもファミレスも、TVドラマの中でしか知らない。こんな暮らしを一生続けるなんて、絶対にいやだ!

辺りが暗くなって、家の明かりが見えてきた。

友恵はペダルを踏む足に力をこめた。

「――ただいま！」

玄関に自転車を入れ、友恵は声をかけた。

「お母さん？」

いつもなら台所から、「お帰り」と返事してくれる母、美由紀《みゆき》の声がしない。

出かけてるのかな？

夕ご飯を作ろうとして何か足りないことに気づくと、車でスーパーまで買いに行かなくてはならないのだ。

だが、茶の間を覗《のぞ》くと、母が電話に出ているのが見えた。

「何だ、電話か」

母が返事をしなかったのも当然だ。

友恵は、そのまま奥の自分の部屋へ行こうとして、足を止めた。

「いえ、必ず参ります」

と、母の言うのが聞こえた。

その口調の真剣さに、友恵は思わず足を止めていたのである。

誰と話しているんだろう?

「――はい、土曜日の午後七時ですね。分かりました」

母はそう言って、穏やかな調子になると、

「ありがとうございました。――はい、それでは失礼いたします」

と、今度は受話器を手に、電話の向こうの相手に頭を下げている。

友恵はいささか呆気《あっけ》に取られて、そんな母を眺めていた。

母、美由紀は不自然なほどていねいに受話器を戻すと、大きく息を吐いて、急に体の力が抜けてしまったかのように、その場に座り込んだ。

「――お母さん」

と、友恵が声をかけると、美由紀は本当にびっくりした様子で振り向き、

「あら、友恵。いつ帰ったの」

「いやだ。どうしたのよ? さっき『ただいま』って言ったよ」

と、友恵は苦笑した。

「そうだった?」

「何の電話だったの？」

美由紀はそれには答えず、

「友恵。土曜日は学校から急いで帰ってきてね」

と、立ち上がって、

「東京に行くから」

「東京？」

「泊まるから、その仕度をして行くの」

「お母さん……。東京に何しに行くの？」

美由紀は台所へ行くと、途中だった夕食の用意を続けた。

友恵は呆《あき》れて、そんな母の背中を眺めていたが、やがて肩をすくめて、

「変なお母さん」

と呟《つぶや》くと、白分の部屋へと向かった。

古い廊下がきしんで鳴った。

「日曜日は空《あ》けといてくれ」

夕食のとき、父がボソッと言った。

友恵は一瞬食べる手を止めた。——土曜日に東京へ行けば、もちろん父の言う通りにはできない。

「この間の台風で、ビニールハウスのあちこちが破れてるし、骨組もやられた所がある。みんなで修理だ」

父、浜田悟士《さとし》はご飯茶碗を美由紀の方へと出した。

浜田悟士は四十八歳。年齢よりずいぶん老《ふ》けて見える。ビニールハウスでの野菜栽培は、天候や市場に左右される不安定な商売である。

友恵も、父の気苦労はよく分かっていた。ほとんど髪が失《な》くなり、額《ひたい》のしわが目立つのもそのせいだろう。

友恵は、父にご飯をよそっている母の方をチラッと見た。

美由紀はたっぷりとご飯を盛った茶碗を夫の方へ渡しながら、

「日曜日はいないわ」

と、アッサリと言った。

「——何だって？」

浜田が訊《き》き返すのに、少し間があった。

「土曜日から東京へ行くの。友恵と二人で」

「東京へ？　──何の用事だ？」

美由紀の顔に、ちょっとふしぎな笑みが浮かんだ。

「友恵がコンテストに出るのよ」

その言葉に、友恵も唖然とした。しかし、浜田の方は夢でも見ているのかと思ったようで、

「今、『コンテスト』と言ったのか？」

「ええ」

美由紀は肯《うなず》いて、

「この間、友恵のスナップ写真を送っておいたの。今日連絡があって、書類選考を通ったって。日曜日には本選よ」

「お母さん……」

もちろん、友恵には初耳である。

浜田は、やっと美由紀の話が冗談でも何でもないと分かったらしい。顔が段々赤

く染まってきた。

「そんなことは許さん！」

と、怒鳴りつける。

「俺に何の断りもなく、どうしてそんなことをした！」

しかし、美由紀は夫の声が耳に入らないかのように、友恵の方へ向いて、

「土曜日は、少し早めに東京へ出て、コンテスト用の服や水着を買いましょう」

と言った。

「聞こえないのか！　そんなことは絶対に許さんぞ！」

「あなたがいくら怒っても、私と友恵は東京へ行くわよ」

「何だと？」

「費用は私の貯金から出すわ。ホテル代は主催者側で出してくれるの。あなたに迷惑はかけないわ」

「お前……。本気で言ってるのか？」

「もちろんよ」

美由紀はお茶をご飯にかけて、サッと食べてしまうと、

「少し髪も切った方がいいわね。ホテルに美容室が入ってるだろうから、訊いておくわ」

「おい！　聞いてるのか。俺が許さんと言ってるんだ！　どうしても行くと言うのなら、もうこの家へ帰ってくるな！」

「帰ってこなくても、私はいいけど」

と、美由紀はニッコリ笑って、

「あなたはどうするの？　誰が食事の仕度をする？　洗濯は？　お掃除はどうするの？」

「お前……」

「離婚したければ、いつでもしてあげるわよ。困るのはあなたの方でしょ」

さっさと立って食卓の片づけを始める母を、友恵は呆然と眺めていた。——こんなお母さんを見るのは初めてだ！

それに——私がコンテストに出る？

確かに、友恵は東京へ行きたかった。しかし、それはあくまで大学への進学とセットになっていた。

友恵は芸能人になりたいとか、オーディションを受けたいなどと言ったことは一度もない。

母が友恵のスナップ写真を送っていたというのも驚きだ。一体どこでそんなコンテストの募集を知ったのだろう?

友恵は父の方へ目をやった。

父も、母のあまりの変わりように、怒るのを通り越して呆然としているようだ。

「――あなた、もう食べないの?」

美由紀の言葉に、浜田は食べかけの魚をあわててはしでつつき、

「いや、食べる!」

と言った。

魅力

「お母さん？　――うん、もう帰るわよ。今、もうホテルの見える所まで来てる」

西山《にしやま》アヤはケータイで話しながら、三十階建てのホテルを見上げた。

「――うん、じゃあね」

アヤは通話を切ると、振り向いて、

「もう行かなきゃ」

と、広司《こうじ》の方へ言った。

「明日、頑張れよ」

と、広司は言った。

「あさってよ、本選は」

「あ、そうか」

「もし優勝できたら、私も東京へ出てこられる」

「そうなったらいいな」

「本当だね」

アヤは、ちょっと背伸びして広司にキスした。

「背が伸びたね、広司」

「お前は女らしくなった」

「何だか、それって、以前は女じゃなかったって言われてるみたい」

と、アヤは笑った。

——西山アヤは、〈ミス・吸血鬼コンテスト〉の本選のために、今日金曜日から、母と二人で東京へ来ていた。

そして、父親の転勤で東京に来ているボーイフレンド、広司と久しぶりに会っていたのである。

夜、九時になっていた。

母がホテルで苛々《いらいら》しているだろう。

「じゃ、ここで」

と、アヤは広司の手を握った。

「ホテルまで送るよ」

「いいわよ。もしお母さんがロビーにでも来てたら、うるさいし」

「そうか」

「もう目の前だもの。それじゃ」

アヤはもう一度広司にキスして、

「明日、メールするね！」

と、手を振ってホテルへと駆け出した。

――あれ？　ここから入れないの？

ホテルの裏手に来てしまったアヤは、目の前にホテルが見えているというのに、どこから入ればいいのやら分からなかった。

誰かに訊《き》こうにも、人が見当たらない。

仕方ない。――ホテルの建物に沿ってグルッと回れば、いずれ正面玄関に出るだろう。

アヤは夜道を歩き出した。

すると——歩道橋の下の暗がりから、スッと人影が現れて、アヤの前に立ちはだかった。

そんな所に人がいるとは思っていなかったアヤは、思わず短い声を上げた。

「あの……どいて下さい」

怖がってはだめだ。少し強気に出るくらいでいた方がいい。

「あの——」

「待っていた」

と、その人影は言った。

「え？」

「若い娘の血を待っていた」

人影が近づいてくると、アヤは後ずさろうとして尻もちをついてしまった。

恐怖を覚える余裕もなかった。黒い人影はアヤの上に包み込むように覆《おお》いかぶさってきた……。

「ありゃひどい」

と、橋口《はしぐち》みどりが言った。

「うん……」

エリカは、着る服には人それぞれ好みというものがあるから、あまりとやかくは言わない方だ。

しかし、確かに今、鏡の前で少女漫画から抜け出してきたようなドレスを着ている女の子には、つい目を止めてしまった。

女の子のそばについているのは母親だろう。

「可愛いじゃないの！　誰が見たって、この服がこんなに似合うのは、あんた一人よ！」

と、母親の方が夢中らしい。

「とてもよくお似合いです」

女子店員が、半ば呆《あき》れているのを隠そうともせずに言った。

「ねえ！　この子は明日、コンテストに出るのよ。絶対に優勝してみせるわ」

「お母さん、やめて」

娘の方はさすがに自分の身なりに照れている。

「あら、あの子……」

エリカは服の並ぶ棚の間を歩いていった。

「じゃ、友恵《ともえ》、これにする？」

名前を聞いて、エリカは、「やっぱりそうか」と思った。

――母、涼子《りょうこ》がアルバムから選んだ子の一人である。確か、浜田《はまだ》友恵といった。

「エリカ、知ってる子？」

みどりがついてきている。

「今度の例のコンテストに出るのよ。ホテルがこの近くだから」

「そうか。でも、あのセンスじゃ、可哀そうだけどまず真っ先に落ちるね」

その点はエリカも同感だった。

「可愛いものを着る」ことと「可愛く見える」ことは全く違うのだが、その辺のことが、母娘《おやこ》ともに分かっていない。

「私……もう少し見たいな、他の所も」

と、娘の方が言った。

「そう？　じゃ、これ、一応取っといていただける？」

エリカは、浜田友恵のことが何となく気になって、記憶に残っていた。

確か十七歳だと思ったが、その少女にはどこか寂しげなかげがあった。

試着室のカーテンを開けて出てきた友恵は地味なセーターとスカート。

「さっきの冗談みたいなドレスより、あの方がずっといい」

と、みどりは評した。

エリカも同感だった。

「――あ、電話だ」

みどりはケータイを取り出すと、手短に切って、

「ごめん、エリカ。急用ができちゃった」

「いいよ。私も、ちょっと寄りたい所があるの」

「じゃあね」

みどりと別れると、エリカはあの浜田母娘の後についていった。

――二人は、他の売り場を歩き回って、あれこれと試着し、たちまち二時間もたってしまった。

さすがに少しくたびれたらしい。

二人は、売り場の奥のティールームに入って一息ついた。

「私、アンミツ」

と頼んでいる友恵はまだあどけなさが残っている。

エリカは同じ店に入って、喉《のど》がかわいていたのでアイスティーを頼んだ。

「——水着も買わなきゃね」

と、母親が言っている。

「私、恥ずかしい。スタイル、悪いし」

と、友恵は赤くなる。

「大丈夫。今夜、足が細くなるように、少しマッサージしなさい」

「一晩じゃやせないわよ」

エリカは、二人のテーブルのそばへ行って、

「失礼ですが、浜田さんですね」

「——そうですが」

「私、明日のコンテストの関係者で、友恵さんの写真を見たものですから」

「それで……」

「さっきから、ドレスを選んでおられますけど、あの選び方は間違いです」

エリカの言葉に、母親の方はムッとした様子で、

「どういう意味ですか？」

と、眉をひそめた。

「友恵さん——でしたね。あなたの良さは、都会の子の大人びたファッションとか、プロ並みのメークの腕とは正反対なんです。今のままの素朴な感じが、コンテストの出場者の中ではきっと目立ちます。ぜひそのイメージで……」

と、エリカは言ったが、

「大きなお世話です！」

と、母親は言い返して、

「私は、娘がどうすれば可愛く見えるか、一番よく分かってるんです。そう。——もしかして、あなた、明日の他の出場者に頼まれてきたんじゃない？」

「お母さん！」

と、友恵がたまりかねたように母の腕を取った。

「ともかく、友恵がどんな服で出ようと、あなたの知ったことじゃありません。放

っといて下さい！」

母親にそう言われるとエリカもどうしようもない。

「分かりました。余計な口出しをしてすみません」

と、自分の席へ戻った。

早々にアイスティーを飲んで、先に店を出ると、

「すみません」

と、声がして、友恵が追いかけてきた。

「あら……」

「母があんなこと言って……。すみませんでした」

「いいえ、ちっとも。——お母さんはお母さんなりに、あなたを何とか勝たせたくて必死なのよね」

「はい……。大体、私、このコンテストのことなんて何も知らなくて。母が勝手に写真を送ってしまったんです」

「分かるわ」

「あの——」

「私、神代《かみしろ》エリカ。よろしくね。父が審査員なの」

「そうですか。あの……〈ミス・吸血鬼〉って、どういうコンテストなんでしょう？」

　わけが分からなくて当然だ。

「私もよく知らないの。ネックレスのＰＲってことらしくて、ほら、吸血鬼って、若い娘の首にかみつくでしょ？　それに引っかけてあるんだと思うわ。それと、会場で父を見ると分かるわ、きっと」

　まさか本物の吸血鬼なの、とも言えない。

「母は昔、モデルに憧《あこが》れたことがあったそうなんです」

　と、友恵は言った。

「そんなこと、全然知らなかったんですけど。ともかく、このチャンスに母は自分の夢をかけてるみたいで……」

「分かるわ。――明日、頑張って」

「はい」

　と、友恵は微笑んで、

「ちょっとトイレに行くって出てきたんで。――でも、エリカさん」

「うん？」

「私もあのドレス、ひどいと思います。母とよく話し合って、もう少し何とかします」

そう言って、友恵は小走りに戻っていく。

エリカはちょっと笑って、

「いい子だなあ……」

と呟《つぶや》いた。

自分だって、大して年齢は違わないのだが。

エリカはふと、首筋にヒヤリとするものを感じた。見えない手が首筋をなでていったようだ。

ハッとして振り向いたが、そこはただ客の波。

しかしエリカはしばらくその場に立ったまま、再びあの「冷気」が現れないか、待っていた。

しかし、それはもう二度と現れなかった。

でも、あれは一体何だったのだろう？
エリカはその「冷気」の中に、ほとんど「殺意」に近い敵意を感じ取ったのである。

戦闘開始

「おはようございます」

「おはようございます」

にこやかな挨拶《あいさつ》が交わされている朝食のテーブル。

ホテルは、主催の〈N〉社が用意してあるので、当然、コンテストの出場者は朝食の席で一緒になる。

前の晩に、一応全員が集められて説明を受けていて、その席で既にお互い、

「うちの子の方が可愛いわ」

とか、

「あの子はライバルだわ」

といった思いを色々抱いている。

朝食はホテルのビュッフェスタイル。同じ時間にみんな入っている。

というわけで、レストランのあちこちで表面上はにこやかに、しかし目はちっとも笑っていない挨拶が交わされているのである。

「——本選出場が十五人」

と、エリカは言った。

「今日一日で一人に絞るわけね」

「うむ。——ま、当人たちはあまり意識しとらんな」

クロロックは朝のコーヒーを飲んでいた。

「凄《すご》いのは母親同士ね」

確かに、ビュッフェの朝食を取りに行っても、女の子たちは楽しげに一緒になってはしゃいでいる。

しかし、母親同士はお互い、火花が飛ぶかというピリピリした感じ。

「——あの子だわ」

と、エリカは少し遅れてやってきた、浜田友恵《はまだともえ》と母親を見つけて言った。

「ああ、写真の通りの子だな」

クロロックは肯《うなず》いて、

「あの子自身には、妙なところはないな」

「そうでしょ？　母親の方も、神経質にはなってるけどね」

母親は素早く他のテーブルの子たちを見て、何やらメモまで取っている。

友恵は、そんな母親を残して、さっさと朝食のビュッフェを取りに立った。

エリカもさりげなく立って、卵を皿に取っている友恵のそばに並んだ。

「おはよう」

「あ。――昨日の」

「よく眠れた？」

と、エリカは訊《き》いた。

「ええ、ぐっすり！」

と、友恵は嬉しそうに、

「あんな大きなベッドで、手足一杯に広げて寝たの、初めて！　気持ち良かった！」

「良かったわね」

つい、エリカも微笑んでしまう。

「私、あのベッドで寝られただけで、このコンテストに出て良かったと思いました」

結構本気で言っているらしい。

「――何か、困ったこととかなかった？　夜中に変な人が訪ねてきたとか」

「いいえ」

と、友恵は首を振って、

「でも、私、ぐっすり眠ってたから」

と肩をすくめた。

「それでいいのよ。頑張って」

と、エリカは友恵の肩を軽く叩いた。

「あ、そういえば……」

「なあに？」

「母が言ってました。今朝起きたときに。――何だか夜中に何回も電話が鳴った、って」

「誰からかかってきたの」

「分かりません。出ると切れちゃうんですって。母は、『あんたをライバルと思ってる子が、寝不足にしようとしたのよ』って言ってましたけど、私、そんな子いないと思います」

と、友恵は言った。

「だって、他の子、みんなカッコいいんだもの。私なんか、とても相手にならない」

「そんなことないと思うわ」

エリカは自分も皿にハムやベーコンを取って、

「ともかく、楽しんでね」

「ええ、もう充分楽しんでます」

と、友恵は明るく言って笑った。

エリカはテーブルへ戻ると、

「どう、今のところ?」

「うむ、特に何も感じないな」

と、クロロックはコーヒーカップを取り上げたが——その手が止まった。

一人の少女が入ってきた。母親と一緒だ。

「――お父さん」

「うむ。あの女の子は普通ではない」

やや青白い顔の少女は、顔立ちが整って、確かに目立った。

「ちゃんと食べなきゃだめよ。野菜だけでいいから」

と、母親が言っている。

少女は席を立って、皿を手に取ると、ハムやソーセージなどを取った。

「野菜を摂《と》らないと」

と、母親が言ったが、

「欲しくない」

と、少女は素っ気なく首を振る。

「確か、西山《にしやま》アヤという子だ」

と、クロロックは言った。

「妙な空気でしょ？　でも、昨日感じたのは、あんなものじゃなかった」

レストランに入ってきたのは、背広姿の男性で、

「ああ、あれが白石《しらいし》だ」

と、クロロックが言った。

「——皆さん、おはようございます!」

と、その男は言った。

「ゆうべお会いした、〈N〉の白石です。よく眠れましたか? 今日が本番です。リラックスして。でも、遅刻はしないようにね」

いかにも広告の仕事をしている人間らしく、人当たりがいい。

「朝食を食べ過ぎないように。ちゃんとお昼も出ますから」

白石の言葉に笑いが起こった。

「午前十時に、ロビーに集合です。もう部屋は出てしまうので、荷物を持って、忘れ物のないようにして下さい」

白石はそう言って、

「それから、本日の〈ミス・吸血鬼〉コンテストのネーミングのヒントになった、本日の審査員長をご紹介します。——フォン・クロロックさん!」

突然でも、少しもあわてないのが、年の功(?)。クロロックはゆっくり立ち上がると、マントをサッと翻《ひるがえ》して一礼した。

ワーッと歓声と拍手が起こり、エリカは恥ずかしくて真っ赤になっていた……。


「では、11番、浜田友恵さん！」

呼ばれているのが、自分の番号ではないように聞こえた。

まるで、どこかの見も知らない他人であるかのように思えたのである。

しかし、他に「浜田友恵」がいるわけもなく、係の人に、

「さあ、出て！」

と、背中を押されて、友恵はステージに出ていた。

「遠慮しないで、真ん中へどうぞ」

司会者の言葉に笑いが起こる。

友恵は〈コンテスト〉といっても、もっと小さな、学校の面接みたいなものかと思っていたのだ。

ところが、会場は友恵たちの泊まっているホテルの大宴会場。広いステージ、会場に並べられた椅子には、少なくても何十人もカメラマンや取材の人が来ていて、

友恵など、すっかり怯気《おじけ》づいてしまっていた。

しかし、他の子たちはみんな大張り切りで、

「私、絶対優勝してやる!」

と、宣言して友恵を呆然とさせたりした。

「意気込みが違うよ」

と、友恵は控室で母に言ったのだが、

「お母さんの意気込みは負けてないわよ!」

と言われてしまった。

それでも救いは、母、美由紀《みゆき》が友恵の意見を聞いて、初めよりは大分地味めの服を選んでくれたこと。

「――よろしくお願いします」

マイクの前に立って、友恵は辛《かろ》うじて声を出した。

ズラッと最前列に並んでいるのは、十人の審査員。――友恵などは一向に知らないが、有名プロダクションの社長とか、作曲家、プロデューサー(何をするのか、友恵は知らないが)など。

出身地や学校のことなどを訊かれて、少しホッとしたが、

「男の子を見るとき、どこを初めに見る？」

などと、考えてもいなかったことを訊かれて、すっかりどぎまぎしてしまった。

確か、〈何とかコーディネーター〉とかいう、いやに派手な服のおじさんが、

「その服、自分で選んだの？」

と訊いた。

「ええ、あの……母と二人で」

「ひどいね」

と、顔をしかめて、

「もう少し、雑誌とかよく見て研究してこないと」

「すみません……」

もうだめだ。——やっぱり、私みたいなセンスじゃ、とても通用しない。

「いや、そうは言えん」

とクロロックが言った。

「誰もが同じような格好をするのは、個性の否定ですぞ。人はそれぞれ違うのだ。

着るものも違っていていい」

クロロックの温かい視線が、友恵の気持ちを落ち着かせた。

「——特技は？」

と、一人が訊いた。

「特技……ですか」

まるで考えていなかった友恵は困ってしまった。

「他の皆さんは、歌とか踊りとか、色々披露《ひろう》されていますよ。さあ、あなたも一つ」

と、司会者に促されても、ないものは出しようがない。

「——はい、それでは結構です」

と言われ、気落ちしてステージから退がろうとした友恵、

「あ、そうだ」

と、足を止めて振り返り、

「両手離して自転車に乗れます！」

と、大声で言った。

会場がドッと笑いに包まれ、友恵は真っ赤になってステージの袖へ駆け込んだのだった……。

「では、このシナリオを二人一組で演じてもらいます」

と、説明を聞きながら、友恵は数ページのシナリオなるものを初めて読んで、目を丸くした。

これって——ラブシーン？

「クラブの先輩と後輩が、愛を告白し合うというシーンです」

「はあ……」

ため息が出る。

「では組み合わせは次の通りです」

控室の十五人は、読み上げられるのをじっと待った。

二人一組——ということは、一人余るわけで、正に友恵が残ってしまった。

「ええと、一人になったのは——浜田友恵さんですね」

「はい」

もう落とされると決まってるんだ、と友恵は思った。

「相手なしでやってくれますか。相手がいるつもりで」

「そんな……」

すると、

「私が二回やります」

と、誰かが言った。

「西山アヤさん？　じゃお願いします」

友恵はホッとした。相手なしでは、格好がつかない。

むろん、シナリオは手に持って見ていいのだが、次々にステージへ出ていく子たちは、友恵の目には度胸満点に見えた。

西山アヤは、三組目に出て、まるでプロの役者かと思うほど上手だった。

私、あの人とやるの？　――友恵は、またため息をついた……。

そしてラスト、友恵は西山アヤに、

「よろしく」

と、頭を下げて、一緒にステージへ出た。

「お話って、何なの？」

と、先輩役のアヤが言った。

「先輩。私――ずっと、いつか言おうと思ってたんですけど」

声が震える。

「話してみてちょうだい」

「私……先輩と同じクラブで過ごせて幸せでした。私、先輩に会えるのが楽しみで、クラブに来ていたんです」

舌がもつれる。しかも次のセリフたるや……。

「愛してます、先輩」

言ったことのないセリフである。

友恵は自分の顔がカッと熱くなるのを感じた。

「嬉しいわ」

と、アヤが答える。

「私もあなたのことを、ずっと思い続けてきたのよ」

「本当ですか」

「こんなこと、冗談では言えないわ」

アヤの手が、友恵の肩にかかる。

え？　こんな仕草までするんだっけ？

「残されたのは、わずかな日々だわ。――その時間を、二人きりで、大切に過ごしましょう！」

アヤは友恵をきつく抱きしめた。

「あ、あの――」

ギュッと抱きしめられて、手にしたシナリオが読めない！

「じっとして」

と、アヤが耳もとで囁《ささや》く。

「え？」

「動かないで」

そんなセリフ、あったっけ？　それに、耳もとで囁かれても、お客さんには聞こえないだろう。

「あの、ちょっと――」

と、友恵が言いかけたとき、突然強い風がステージに吹きつけてきた。

友恵は、ちょっとよろけたくらいですんだが、アヤは風に弾《はじ》き飛ばされるように、友恵から離れてステージの床を転がった。

「アヤさん！　――大丈夫？」

と、友恵が駆け寄ると、

「ええ、大丈夫」

アヤは立ち上がって、ちょっと息をつくと、

「いい演技だったわね」

と、友恵の手を握った。

「――さあ、これで二次審査が終わりました」

と、司会者が言った。「最後は美少女たちの水着姿です！」

会場の拍手に送られて、友恵はステージの袖へと戻っていった。

決着

「あーあ」

友恵《ともえ》は大きく伸びをした。

——昼食をとって、最後の水着の審査まで少し休憩があった。

友恵は、レストランを出て、ホテルの庭へ出る階段を見つけたのである。

庭へ出て、友恵はホッとした。

もちろん、あの故郷の山や森とは比べものにならない、「作りもの」だが、それでも土を踏み、風を受けて、日の光の下を歩くのは快《こころよ》かった。

庭の小径《こみち》は他に人もいなくて、友恵はブラブラと辿《たど》っていった。

「疲れた……」

都会に憧《あこが》れてはいた友恵だが、実際こうして一日二日いただけで、くたびれてしまう。

私、向いてないのかな……。

どうせ、審査で落ちるんだ。それまで、ともかく精一杯やってみよう。

足音がした。

振り向くと、西山《にしやま》アヤが立っていた。

「ああ、アヤさん。ご苦労さまでした。大丈夫でした？」

「さっきは邪魔が入ったけど——」

と、アヤが素早く近づいてくると、友恵の体をしっかりと抱きしめる。

「アヤさん……」

「いい気持ちにさせてあげる。じっとして！」

と、アヤは友恵の首筋に歯を立てようとした。

「アッ！」

と、アヤが声をたてて、弾《はじ》かれるように倒れた。

友恵は目を丸くした。

「私、何もしてません！」

「私が力を送った」

クロロックが現れる。

「邪悪な者だけが感じる力だ」

「やったな！」

アヤが立ち上がって、燃えるような目でクロロックをにらむ。――別人のような、憎しみに満ちた表情だ。

「アヤさん……」

「彼女自身じゃないのよ」

エリカが友恵の前に立った。

「どういうことですか？」

アヤがクロロックへ飛びかかっていった。

クロロックが素早く手を突き出すと、アヤは、見えない壁にぶつかったように、その場に倒れた。

「お父さん」

「こいつを操っている『力』がある。――出てこい！」

クロロックの鋭い声が響くと、ガサッと音がして茂みが揺れる。

「逃がすな！」

クロロックとエリカが同時に別の方向へと飛び出した。

木の枝や茂みが一瞬で粉々になり、パッと燃えた。

茂みの奥で、何か呻《うめ》き声がして——やがてフラッと現れたのは、広告代理店〈N〉の白石《しらいし》だった。

友恵は息をのんだ。

白石の胸元が血に染まっていた。

そして白石はドサッと倒れた。

「——クロロックさん！」

「心配するな」

と、クロロックが現れる。

「でも——」

「白石はいない。これは白石の体を借りた化物だ」

「化物？」

「吸血鬼だ」

——友恵は、冗談かと笑った。

しかし、クロロックが白石を仰向けにすると、白石の血の広がりはきれいに消え、顔も穏やかになっていた。

「解放された」

と、クロロックは白石を見下ろし、

「しかし、もう命は戻らん」

アヤがゴソゴソと起き上がった。

「——アヤさん！」

「私……どうしたの」

アヤがキョトンとして、周囲を見回し、

「どうしてこんな所にいるの？」

「若さだな」

クロロックが微笑んで、

「一度は白石に血を吸われたが、回復した。生命力の強さだ」

「アヤさん……」

友恵が手を貸して立たせる。

「ありがとう……。今日、コンテストじゃなかったっけ？」

と、アヤは真顔で訊《き》いたのだった……。


照れくさい……。

友恵は、水着姿で小さくなって、十五人の列の一番端に立っていた。

どう見たって、他の子とは脚の長さ、太さが全然違う。

ともかく、これでやっと終わりだ。

「――審査員の先生方が席へ戻られます」

と、司会者が声のトーンを上げる。

「さあ！　栄《は》えある〈ミス・吸血鬼〉には誰が選ばれるのでしょうか！」

クロロックがマイクの前に立って、エヘンと咳払《せきばら》いする。

エリカは舞台の袖で見ていた。

ふと振り向くと、

「お母さん、来てたの？」

涼子《りようこ》がニコニコしながら、

「もちろんよ。選考会にも出て、ちょっ、ちょっと意見を言わせてもらったわ」

クロロックが準ミスを発表し、

「では〈ミス・吸血鬼〉を発表する。──浜田《はまだ》友恵君！」

──友恵は気絶するかと思った。

王冠をかぶせられ、ガウンをまとって、正面に立つと、一斉にカメラのフラッシュを浴びた。

エリカは、拍手しながらクロロックの方へ近寄って、

「やったね」

「──うん？　ああ、しかし、ちょっと催眠術をかけただけだ。最終候補の三人には、ちゃんと残ったからな」

「お母さんの意向でしょ」

「家庭の平和は大切だ」

と、クロロックは大真面目《おおまじめ》に言った。

友恵は控室へ戻って、まだボーッとしていると、

「友恵、おめでとう」

美由紀《みゆき》がやってきた。

「さあ、着替えないと」

「俺にもおめでとうを言わせろ」

と、声がした。

「——お父さん！」

友恵が目を丸くして、

「来てたの？」

「ああ。——可愛かったぞ」

と、浜田は友恵の肩を叩いて、

「お前がやりたいのなら、止めはしない」

「お父さん……。でも、私、あの田舎《いなか》も好きだよ」

と、友恵は言った。

「心配はいらん」

と、クロロックがやってきて、

「学校はちゃんと行くべきだ。仕事は無理のないようにやっていけばいい」

「ありがとう、クロロックさん！」

友恵がクロロックに抱きついて、頬にチュッとキスした。

「――やっぱり、もう都会に慣れてる」

エリカはそう呟《つぶや》いた。

「どうかした？」

涼子がやってきたのを見て、

「お母さん！　何でもないの。ひとり言よ」

と、エリカはわざと大きな声で言った。

クロロックはあわてて友恵から離れると、

「いや、くたびれた！　コンテストの審査員など、二度とやる気がせんな！」

と、涼子の肩を抱いて、さっさと行ってしまった。

エリカも、その後について出ていったが、入れ替わりに、

「プロダクションの者ですが――」

と、数人の男たちがドヤドヤとやってきた。
——友恵には、もう新しい生活が始まろうとしていた。

吸血鬼、タクトを振る

巨匠

「すみません！　ちょっと――すみません！」

休日、人出でにぎわう広場を散歩していた神代《かみしろ》エリカは、その声に足を止め、

「あの声、もしかして……」

と、振り返った。

ソフトクリームなど手に歩いている女の子たちの間をすり抜けて、必死の様子で駆けてきたのは、エリカと同年代の女の子。

「やっぱり、久美子《くみこ》だ」

と、エリカは言った。

「知り合いか？」

と、一緒に歩いていた父親、フォン・クロロックが訊《き》く。

「同じ大学の子。沢井《さわい》久美子って——」

その子は、ヴァイオリンのケースを肩からさげて、必死に走ってくる。

だが、一瞬、目の前に三つくらいの小さな男の子がヨチヨチ歩きで出てきたので、あわてて立ち止まろうとして、体勢を崩した。

「危ない！」

と、思わずエリカは言った。

ヴァイオリンケースが肩から外れ、同時に久美子は転倒——しそうだった。

が、次の瞬間、久美子の体はクロロックの腕に抱えられ、宙を飛んだヴァイオリンケースはエリカの手に納まっていた。

「あ……どうも」

「久美子！」

「エリカ！　ヴァイオリン、ありがとう！」

と、久美子は言った。

——冬の午後、風もない穏やかな晴れ上がった日で、広場は、散歩に出てきた親子連れでにぎわっている。

「すみません」

と、久美子は息を切らしつつ、

「でも——もうだめだ！」

「何をそんなに急いでるの？」

と、エリカは訊いた。

「今日、私の所属してるオーケストラのリハーサルなの」

と、汗を拭《ふ》きながら、

「二時からなんだけど、乗ったバスが大渋滞で遅れて、走ってきたの。でも、もう間に合わない」

「あと三分あるよ。少しぐらい遅れたって大丈夫なんじゃないの？」

「それがだめなの。いつもなら三十分だって平気なんだけど、今日は高倉紳介《たかくらしんすけ》だから、指揮者」

「名前は知ってる」

「高倉さん、時間に凄《すご》くうるさいの。十秒でも遅れたら『帰れ！』ってやられる」

「へえ。リハーサルはどこで？」

「あそこ」

と、久美子は、広場の向こうに見える高い建物を指して、

「あの地階にリハーサル室があるの。でも、間に合わない！」

確かに、見えてはいるが、かなり離れている。エリカは父の方へ、

「お父さん、私の友情のために一肌脱いでよ」

と言った。

「よし。——私におんぶしなさい」

と、クロロックは言った。

「え？」

「父に任せて。ヴァイオリンは私が持つから。さあ」

久美子は目をパチクリさせながら、言われるままにクロロックの背におぶさった。

「ちょっと飛ばすからな。目をつぶっていなさい」

「え？」

と、久美子が訊き返したときには、クロロックは猛然と駆け出していた。

「キャーッ！」

と、久美子が叫んだ声も、あまりの速さに風で吹き散らされていく。

久美子は目をつぶって、「神様！」と祈った。そして――。

「ここでいいのか？」

ふと気がつくと、クロロックは足を止めている。

「あ……」

久美子は、リハーサル会場へ下りる階段の所にいる自分を発見して、啞然とした。

「はい、ヴァイオリン」

エリカが少し遅れて駆けつけてくる。

「あ――ありがとう！」

「早く行って。まだ間に合うよ」

「うん！」

久美子はヴァイオリンケースをつかんで、階段を駆け下りていった。

「転ばないでよ！」

と、エリカが声をかける。

「何とか間に合ったな」

「ありがとう、お父さん」

「なに、どうせ運動不足だった」

と、クロロックは言った。

「その何とかいう指揮者は有名なのか」

「うん、私も演奏は聞いたことないけど、名前ぐらいは知ってる」

「では、ちょっとリハーサルを覗《のぞ》いていくかな」

クロロックがさっさと階段を下りていく。

「ちょっと、お父さん！」

エリカもあわてて後を追った。

――廊下に、色んな楽器が各々《おのおの》音を出しているのが聞こえている。

「お父さん！　高倉紳介って、気むずかしくて有名なのよ。勝手にリハーサルにノコノコ入ってたりしたら――」

「なに、任せておけ」

そこへ、

「今日は夜中になっても完璧にやれるまで終わらせんぞ！」

と、不機嫌な声を上げて、髪の毛がワッと広がった、いかにも、という格好の高倉紳介が指揮棒を手にやってきた。

後をついてきているのは、いつも心配ばかりしているタイプの、頭の禿《は》げ上がった男。

「お気持ちは分かりますが、マエストロ、この会場は夜、別のオーケストラのリハーサルが入っておりまして……」

「知るか！　俺は芸術にのみ縛られている人間だ」

と、高倉がリハーサル室へ入ろうとすると、

「おお、これは懐かしい！」

と、クロロックがにこやかに歩み寄って、

「高倉さん！　久しぶり！」

と、大げさに抱きしめた。

「はあ……」

「いや、あの音楽祭のときのあんたの演奏はすばらしかった！　今も目に浮かびますぞ」

「どうも……」

「今日は何の曲のリハーサルかな？」

「ベルリオーズの『幻想』を——」

「正に！　今、あなたに一番ふさわしい曲だ。ぜひリハーサルに立ち会わせていただきたい」

「はあ……。どうぞどうぞ」

「いや、こんな機会はめったにない！　世界的マエストロのリハーサルを見学できるとは」

マエストロとは「巨匠」「大先生」といった意味の呼び名である。

かくて、クロロックとエリカはリハーサル室へ無事入り込んだ。

「お父さん、いい度胸ね」

と、エリカが小声で言った。

「なに、有名人というものは、あちこちで大勢の人間と会っているのだ。いちいち憶えとりゃせん」

クロロックは平然としている。

リハーサルが始まった。

その熱の入れ方は凄いもので、本番さながら、高倉の額《ひたい》には汗が光った。

エリカはそうクラシック音楽に詳しくないが、ベルリオーズの作曲した「幻想交響曲」くらいは聞いたことがある。

しかし、高倉の指揮に応《こた》えて、オーケストラも本番並みの熱演。

たちまち二時間ほどが過ぎた。

「――よし！　今日はいい出来だ」

と、高倉がハンカチで汗を拭《ぬぐ》った。

「この気持ちを忘れるな！　よし、今日はこれまで」

オーケストラのメンバーが、一瞬呆気《あっけ》に取られるのが、エリカにも分かった。しかし、すぐに嬉しそうに楽器をしまい始める。

「いや、助かりました」

と、エリカたちへ声をかけてきたのは、さっき高倉について歩いていた男。

「私、高倉先生のマネージャーをしております、山崎《やまざき》と申します」

と、名刺をクロロックへ差し出して、

「先ほど、高倉先生へ話しかけていただいて。あれで、先生、すっかり気を良くされたんです」

「そうか」

「おかげさまで、リハーサルが予定より早く終わりました！　こんなことは年に一度あるかないかで。本当に助かります。いつも次の予約をしたオケの人に謝るのが役目なので」

「オケ」とはオーケストラの略称。

「——エリカ！　さっきはありがとう」

ヴァイオリンケースを肩にさげて、沢井久美子がやってきた。

「久美子、凄く良かった」

「ねえ。今日はどっちものってたよ」

そのとき。

「——あら、今日はもう終わり？」

と、声がした。

「あ、奥様」

山崎が、あわててその女性の方へ駆けていく。

「――高倉紳介の奥さん」

と、久美子が声をひそめて、

「若いでしょ！　二十四だって」

高倉は確か四十五、六のはずだ。

「美貴《みき》」

高倉が手を振る。

――顔立ちがどこか西欧風の美人である。

スラリと長身で、高倉より背はある。

真っ赤なスーツがよく似合っていた。

「今日は一段と美しいね」

と、高倉が夫人の頰にキスした。

海外での生活が長いので、こういうところは外国人風。日本ではちょっと照れてしまうだろう。

高倉は、夫人を連れて、エリカたちの方へやってくると、

「家内の美貴です。こちらは……」

「フォン・クロロックと申します」

と、美貴の手を取って、その甲に唇を触れる。

さすがに、そういうポーズがさまになっている。

「よろしく。ヨーロッパの方？」

「そんなところです」

エリカは、クロロックを見る美貴の目に、何か奇妙な光を見たような気がした。

「この後、約束があるので、これで」

と、高倉が美貴を促し、

「失礼します」

と、会釈《えしやく》して立ち去る。

「――お父さん、どうかした？」

「いや……。ちょっと気になることが……」

と、クロロックは小首をかしげた。

「あの美貴という夫人、どこかで会ったことがあるような気がする」

と、クロロックは呟《つぶや》いた。

「――じゃあね、エリカ」

沢井久美子は手を振って、急いで駆けていった。久美子を待っていたのは、オーケストラでトランペットを吹いていた男性だった。

「へえ、久美子ったら!」

二人が腕を組んで出ていくのを見送って、エリカは、

「私も何か楽器やるかな」

と言ったのだった……。

悲鳴

「それはいい考えだわ」

と、夕食を出しながら、涼子《りようこ》が言った。

「ねえ、あなた。エリカさんが何か楽器をやって彼氏ができれば、結構な話じゃないの」

「まあ、そうだな……」

クロロックはあまり関心がなさそう。

「お母さん、無茶言わないでよ」

と、エリカは苦笑して、

「突然楽器始めたって、オーケストラに入れるわけないじゃない！　そこまで上達するのに何年もかかるよ」

「あら、そんなこと分からないわよ。オーケストラだって、色んな人がいるじゃない。ほらあの……何てったたっけ、三角形の、チリンチリンって鳴るやつ」

「トライアングル？」

「そうそう。あれなら今すぐだってやれそうよ」

「トライアングルだけ叩いてる人はいないの。あれは打楽器をどれもこなしてるのよ」

　と、エリカは言った。

　——涼子は、クロロックの後妻で、エリカより一つ若い。二人の間には幼い虎《とら》ノ《の》介《すけ》が生まれているが、涼子にしてみると、エリカのことがどうも邪魔らしい。

「早くお嫁に行ったら？」

　などと、ちょくちょくエリカをせっつくのである。

「——私たちも、たまには盛装してコンサートにでも行ってみたいわね」

　と、涼子が言い出した。

「おお、それはいいな。涼子がロングドレスを着たらさぞ美しいだろう」

　と、クロロックも若い奥さんには気をつかう。

「虎ちゃんは、まだ無理だよ」

と、エリカが笑って言うと、

「あら、もちろんそのときはエリカさんが虎ちゃんを見ててくれるわよね」

「おお、それはそうだ。エリカも可愛い弟と水入らずで過ごしたいだろう」

「お父さん……。赤ん坊と『水入らず』で過ごして何するのよ」

と、エリカは呆《あき》れて言った……。


「全く、いやになっちゃう」

と、エリカはこぼした。

「この若さで、嫁姑《よめしゅうとめ》の戦いをやってるみたいよ」

「ハハ、亭主なしで？」

と、橋口《はしぐち》みどりが笑った。

「笑うな」

と、エリカはにらんだ。

「お父さんが涼子に弱いんだね」

と、大月千代子《おおつきちよこ》が言った。

――エリカと、親友同士の大月千代子、橋口みどりの三人、今夜はちょっと洒落たレストランに来ている。

大学生の身ではなかなか入れない店だが、クロロックとエリカの力で、ちょっとした事件を解決したお礼に、ある社長さんがここの利用券をくれたのだ。

クロロックが珍しく（？）仕事で来られず、エリカたち三人が来たのだが――。

「ね、エリカ」

と、化粧室に立ったみどりが、戻ってきて言った。

「あのヴァイオリン弾《ひ》く子、沢井久美子《さわいくみこ》っていったっけ。エリカ、仲いいんだよね」

「まあね。どうして？」

あの高倉紳介《たかくらしんすけ》のリハーサルに潜り込んでから十日ほどたつ。

「今、奥の方のテーブルでさ、久美子だと思うんだけど、男と結構深刻そうな様子だった」

「へえ……」

エリカも、ちょっと気になった。

久美子が、この間トランペットの男性と一緒だったのを思い出す。

エリカは席を立った。

奥の化粧室へ歩いていくと、確かに久美子がテーブルについている。

それより、エリカは久美子と一緒にいる男性を見てびっくりした。

見間違えようもない、あの「マエストロ」高倉紳介ではないか！

――エリカは、化粧室へ入る所で足を止め、久美子に気づかれないよう用心しながら、その話に耳を傾けた。

吸血鬼の血をひくエリカ、聴覚は人間の何倍も発達している。

「――よく分かってます」

と、久美子は涙声で、

「先生に奥さんがいらっしゃることぐらい。私だって――こんなこと、いけないと思ってました……」

「そうそう。君はね、本当によくできた子だ」

高倉は久美子の手を取って、

「僕も君のそういう真面目《まじめ》なところに惚《ほ》れたんだよ」

「やめて下さい」

と、久美子は手を引いて、

「誘ってきたのは先生じゃありませんか」

「もちろんさ」

と、高倉は平然と、

「僕のような芸術家にとっちゃ、恋愛は必要なんだ。恋愛によってインスピレーションが刺激されるんだよ」

何を勝手なこと言ってるんだ！　聞いていて、エリカは腹が立った。

「君との関係が、僕の指揮する音楽をすばらしいものにしてくれるんだ。君はいわば僕と一緒に創造的行為に参加してるんだよ」

高倉は、自分の言葉に酔っているかのようだった。

しかし、聞いている久美子の方は釈然としない様子。

「でも、先生――」

と言いかけると、高倉のポケットでケータイが鳴った。

「ごめん。――もしもし、美貴《みき》か」

あの若い夫人からだ。

「——うん、今、マネージメントのエージェントと食事してるんだ。——え？　——何だそんな近くにいるのか。——いや、構わないよ。話はもう大体すんだ。——ああ、コースを止めて待ってるよ。じゃあ」

高倉は通話を切ると、

「ごめん！　家内がこのすぐ近くへ来てるんだって。君、今夜は帰ってくれる？」

「はい……」

久美子は、悲しげな表情で立ち上がると、

「じゃあ、また……」

「うん、時間ができたら電話するよ」

と、高倉は言った。

そこへ、レストランの支配人がやってくると、

「高倉様、今、奥様がみえておいでですが」

「え？　もう来たの！」

高倉はあわてて、

「じゃ、沢井君、君、ちょっと化粧室にでも隠れて」

——芸術家の創造的行為かね、これが。

エリカは追い立てられるように、ヴァイオリンケースを手に化粧室の方へやってきた久美子の腕をつかんだ。

「キャッ！　——エリカ！」

「食事まででしょ？」

と、エリカは言った。


「ありゃ、やめた方がいいよ」

と、エリカは言った。

——テーブルは久美子が加わって四人になった。

高倉と話をしただけで、ほとんど食事していなかった久美子は、せっせと食べながら、

「分かってるんだけど……。こんな風に、隠れてコソコソ会ってると、それが何だか『大人の恋』って気がするの」

「それ、誤解だよ」

と、みどりが言った。

「そうね。——ただ、あの人、指揮者としては才能ある人だから。でも、そのことと、女にだらしないってことは別なのよね」

久美子自身、ちゃんと高倉のことも分かっている。それでいて、会わずにいられないというのが、「恋」というもののふしぎさなのか、とエリカは思った。

エリカだって、ほのかな恋心くらいは抱《いだ》いたことがあるが、やはり自分の生まれが普通でないことを考え、つい相手に近づくのをためらう。

「——あのトランペットの人は？」

と、エリカは訊《き》いた。

「ああ、立川《たちかわ》さんね。立川悠一《ゆういち》っていうの。今、二十八歳のサラリーマン。いい人なんだけど……」

「『いい人』より『だらしのない男』にひかれるって女心、分かるわ」

と、千代子が肯《うなず》いて言った。

四人が食事を続けていると、早めにすんだらしい高倉と夫人の美貴がレストランを出ていった。

「——きれいな人よね」

と、久美子が言った。

「あんな奥さんがいても、若い子に手出すのか」

と、みどりが首を振って、

「私、男なんて嫌い」

「みどりは極端よ。言うことが」

と、千代子が苦笑する。

そのときだった。

レストランの外で、鋭い悲鳴が響き渡った。

「——今の、美貴さんだわ」

と、久美子が言った。

「見てくる！」

エリカが駆け出す。

レストランを出た所で、エリカは足を止めた。

高倉と美貴が立ちすくんでいる。

そして、舗道に男が倒れていた。

血の匂い。──一杯に広がった血だまりに男は仰向けに倒れていた。

見下ろして、エリカは息をのんだ。

男の喉《のど》が引き裂かれている。血は今もそこから溢《あふ》れ出ていた。

そして、エリカはその男の顔に、見憶えがあった。

でも──まさか！

「立川さん──」

という叫びが聞こえた。

久美子がエリカの後ろに立っていた。

「この人──あのトランペットの？」

「立川さんだわ。──どうしてこんなことに？」

もう手遅れだ。

エリカは高倉が美貴の肩を抱いて、さっさと行ってしまうのを見送っていた……。

面影

「どう思う?」

と、エリカは言った。

「うむ……。これはひどい」

クロロックは、立川《たちかわ》の死体を見下ろして唸《うな》った。

「この喉《のど》……。刃物じゃないわね」

クロロックは死体のそばにかがみ込むと、かすかな匂いをかいだ。

「生ぐさい匂いだ」

「何か分かる?」

そこへ、

「こら! 何をしとるか!」

と、太い声が飛んできた。

「死体に触るな！」

「触ってませんよ」

と、エリカは言い返した。

「またお前か。捜査妨害で逮捕するぞ」

「まあまあ」

と、クロロックが割って入り、

「娘の失礼はお詫びします。刑事さんかな？」

「林《はやし》だ。あんたは……妙な格好だな」

ずんぐりして、頭髪は薄く、いかにも融通のきかない刑事という印象の男である。

立川が殺されて、駆けつけてきたのはいいが、林刑事は、沢井久美子《さわいくみこ》が立川と付き合っていたと知ると、すぐさま連行しようとした。

エリカが、

「ずっと一緒に食事をしていた」

と、証言し、レストランのマネージャーなどにも確認して、やっと久美子が犯人でないと認めたのである。

林が「また」と言ったのはそのせいだ。

「私はフォン・クロロック」

「外国人か？　今は外国人の犯罪がふえとるからな。アリバイはあるのか？」

エリカはムッとして、

「アリバイがなきゃ、外国人だっていうだけで逮捕するんですか」

「何だ！　警察に盾つくのか？　生意気だぞ！」

と、林が怒鳴る。

クロロックが林の肩に手をかけて、

「まあ落ち着きなさい」

と言った。

「気安く触るな！　逮捕するぞ！」

やたら「逮捕」したがる刑事である。

「いや、あんたの気持ちは分かる」

と、クロロックは言った。

「何だと？」

林がクロロックと目を合わせると、フラッと体が揺れた。——クロロックの催眠術がかかったのだ。

「辛《つら》いことが色々あるんだろうな」

「辛いこと……。そう。そうなんだ」

と、林は肯《うなず》いて、

「俺はこんなに働いてるのに……。女房は俺のことを馬鹿にする。よその亭主が新しい車を買ったとか、海外旅行をしたとか、あてつけがましく話すんだ」

と、目を潤《うる》ませている。

「奥さんだけじゃあるまい」

「——分かるかね」

「ああ、あんたの悩みはよく分かる」

「息子は大学へ入ったのに、半年で行かなくなって、もう一年も家から出ない。娘は髪を金色に染めて、男と泊まり歩く、ひっぱたいてやったら、プイと家を出て、それきりだ。——どうしてなんだ？　俺が何をした！」

林がグスグス泣き出した。

呼びに来た警官が、面食らって眺めている。

「慰《なぐさ》めてやりなさい」

と、クロロックが林を警官へ任せた。

「あんたはいい人だ……」

林はよろけながらパトカーの方へ戻っていった。エリカが呆《あき》れて、

「あれじゃ、出ていきたくなるよね」

「まあ、よくあることさ」

と、クロロックは言った。

「ときに、この死体だが……。どうやら、かみ殺されたと見ていいだろう」

「かみ殺された？　犬か何かに？」

「普通の犬が、こうも喉をひとかみにはできん。犬というより狼だろうな」

「狼って……。こんな都会に？」

「そこが問題だ。――まだ満月ではないな、今日は」

「お父さん……」

「なに、可能性の一つ、ということだ」

クロロックは夜空を見上げた。

「――やあ、これは」

と、聞いたことのある声がした。

あのリハーサルのときに会った、高倉《たかくら》のマネージャー、山崎《やまざき》だ。

「高倉先生がこのレストランにおられると……」

「もう帰りましたよ。奥さんと一緒に」

「そうですか。――何ごとです？」

山崎はパトカーを見て言った。

エリカから事件のことを聞いて、

「じゃ、あの布のかかっているのが？」

と、山崎は目を丸くした。

「あ、山崎さん」

久美子がハンカチで涙を拭《ふ》きながらやってきた。

「やあ、ヴァイオリンの……」

「第一トランペット、誰か捜して下さい」

と、久美子は言った。

「そうか。——立川君は優秀だったからね」

「ええ……」

「君、大丈夫なのか？」

「立川さんのためにも、出ます」

と、久美子は言った。

「コンサートはいつだ？」

と、クロロックは訊《き》いた。

「来週です。あとちょうど一週間しかない」

「ちょうど一週間後？　そうか」

クロロックは夜空を見上げて、雲の切れ間に覗《のぞ》いた月を見ると、

「——一週間後は満月だな」

と、一人呟《つぶや》くように言った。

そういつも奇跡は起こらない。

「じゃ、今日はこれまで」

と、高倉が指揮棒を置いたのは、もう夜十一時近かった。

オーケストラの面々は、早く帰りたいとは思っていても、グッタリと疲れて、すぐには片づけて立つこともできなかった。

「本番前に死ぬね」

と、グチを言い合いながら、何とか楽器をしまう。

「――会場の超過料金を取られる」

と、傍《そば》で嘆《なげ》いているのはマネージャーの山崎。

「いつもこうなんですか？」

と、エリカは訊いた。

「ええ。――まあ、納得のいくまでリハーサルをするというのは、当たり前と言えば当たり前なんですがね。しかし、オケのメンバーにも、家が遠い者もいる。これから帰宅するんですから大変ですよ」

と、山崎はため息をついた。

「おい、山崎」

と、高倉がやってきて、

「美貴《みき》は？」

「この近くのホテルでお茶を飲んで待ってるとおっしゃって。すぐケータイにかけますよ」

「いや、いいんだ」

「は？」

「君、美貴をマンションまで送ってやってくれ」

「ですが――マエストロは？」

「僕はね、もう本番も近いし、重要なフルートのパートについて、じっくり打ち合わせをすることにした。美貴にはそう伝えといてくれ」

高倉は振り返って、

「さあ、行こう」

と、手招きした。

「はい」

コートをはおりながらやってきたフルートの奏者は、二十代の可愛い女の子。

「ゆっくり食事でもしながら、第三楽章の解釈について話し合おう」

「嬉しい！」

二人が、およそ人目をはばかる様子もなく腕を組んで行ってしまうのを、エリカは呆れて見送っていた。

「あんな風なんですか、高倉さんって、いつも」

と、エリカが訊くと、山崎は困ったように、

「まあ……どうせ長続きはしないんですがね」

それにしたって……。

エリカは、久美子がヴァイオリンをケースへしまっているのを、胸の痛む思いで、眺めていた。

久美子は、エリカの方へやってくると、

「エリカ、一緒に帰る？」

と言った。

「いいけど」

エリカは、父親がどこかへ姿を消してしまったので、迷っていた。どこへ行ったんだろう?

「——失礼した」

クロロックが戻ってくる。

「どこに行ってたの?」

「うむ、ちょっとな……」

と、クロロックは曖昧《あいまい》に言って、

「山崎さん。高倉さんの奥さんを、私が送っていってもよろしいが」

「は?」

山崎は面食らっていたが、

「お願いできますか? 私はオケのマネージャーと色々打ち合わせがあって」

「では、奥様へ電話しておきなさい」

「任せておきなさい」

山崎はケータイを取り出した。

クロロックはエリカの方へ、

「お前は友だちと二人で先に帰れ」

「でも、お父さん、どうして――」

「ちょっとな、話したいことがあるのだ」

クロロックは意味ありげに言った。


「――お送りいただいて、すみません」

と、美貴は足を止めた。

「いやいや」

クロロックは首を振って、

「芸術家の妻も楽ではありませんな」

――二人は、美貴のいたホテルからタクシーでマンションまでやってきたが、美貴が、

「少し手前で降りて歩きたい」

と言ったのだった。

冬の夜である。散歩にはおよそ向かない。

しかし、クロロックは少しも戸惑う様子もなく、美貴に付き合った。

マンションの前まで来て、

「変でしょうね、私って」

と、美貴は微笑んだ。

「そんなことはありません」

「芸術家なんて、外にいるときだけ。一緒に暮らせば、ただの男です」

と、美貴は言った。

「あの人がオーケストラの女性に手を出すのに、いちいちやきもちをやいていたら、生きていけません」

クロロックはそれにはただ肯いて見せ、冷たく冴えた空の月を見上げた。

「もう少しで満月ですな」

「――ええ」

美貴は、ふしぎそうにクロロックを見て、

「どうしてお分かり？」

「何のことかな？」

「私が月明かりの下を歩くのが好きだってことを。——ご存じなんでしょ？」

クロロックは微笑んで、

「昔、ある人を知っていました。その人はあなたとよく似ていて、とても美しかった。そして、何より月を愛していたのです」

「その方は……」

「トランシルヴァニアの一領主の姫君でした。求婚する者が後を絶たなかったが……」

「あなたも？」

「いや。——私にはそうできない理由があった。彼女に、求婚に応じることができない理由があったように」

「その理由って？」

「私は自分の特別な血筋。そして彼女は——月への愛」

クロロックは白銀の月を見上げて、それから美貴の手を取ると、

「おやすみなさい」

と、一礼して、静かに立ち去った……。

秘密

何となく、様子がおかしい。

エリカとクロロックがコンサートホールのロビーへ入っていくと、もう大分客は入っていたが、スタッフがひどくソワソワしているのに気づいた。

「お父さん」

「うむ。何かあったようだな」

クロロックも気づいたようだ。

そこへ、

「クロロックさん！」

と駆け寄ってきたのは、高倉《たかくら》のマネージャー、山崎《やまざき》だった。

「やあ、今夜はお招きいただいて――」

「あの、お願いがあるんです。こっちへ。――こっちへ」

　山崎はクロロックとエリカをロビーの奥へ引っ張っていくと、

「実は困ったことになりまして」

　と、汗を拭《ぬぐ》う。

「どうしました？」

「高倉先生が、今夜は振らないと言い出したんです」

「指揮しないと？」

「そうなんです。今さらそんなことを言われても……。お客のほとんどは、指揮が高倉さんだから来てるんです。今さら、代役なんか立てられませんよ」

　山崎はクロロックにすがるように、

「お願いです。マエストロを説得していただけませんか」

「今、高倉さんはどこに？」

「楽屋です」

「話してみよう。案内して下さい」

「お願いします！」

山崎は拝まんばかりだった……。

——ロビーから一旦出て、裏手の楽屋口から入る。

「あれ、エリカ」

久美子《くみこ》が、ステージ用の黒ロングのワンピースでやってくる。

「やあ」

「どうしたの？　まさか演奏するわけじゃないよね」

「違うよ。ちょっと父が高倉さんと話があってね」

エリカはクロロックの方へ肯《うなず》いて見せた。

オーケストラのメンバーも、高倉が振らないと言っていることは知らないのだ。

——クロロックが楽屋のドアを開け、一人で中へ入る。

「誰だ！」

と、高倉が不機嫌に、

「勝手に入るなと——。あんたでしたか」

「本番前に申しわけない。一人でいたい時間でしょうな」

「いや、どうでもいいですよ」

「というと？」

「僕は今日は振らない。それだけのことです」

高倉は腕組みして、ソファに座っている。

「ほう。どうしてです？」

「ただ、気が向かないんです。芸術家というのは、そんなものでしてね」

「なるほど」

クロロックはニヤリと笑って、

「正直におっしゃい。奥さんが聞きに来ないからでしょう」

それを聞いて、高倉は唖然とした。

「どうしてそれを……」

「年の功ですな。——あんたは、オケの若い女の子へ手を出すが、それでいて美貴《みき》さんに惚れている。そうでしょう？」

高倉は目をそらし、

「妻たる者、夫のステージを見に来ないということがあってはならんのです」

と、強がりを言った。

「特に今夜の〈幻想〉は、でしょう?」

「あなたはふしぎな人だ。——どうして分かります?」

「分かりますとも」

「今夜の〈幻想〉は、僕の指揮者人生の中でも、そう何度とない特別な演奏になるでしょう。そういう予感がするんです。——しかし、それを聞いても、美貴は聞きに来ないと……」

「ご安心下さい」

と、クロロックは言った。

「私が必ず奥さんを連れてきます」

「あなたが?」

「奥さんはヨーロッパの血を引いておられる。ご存じでしょう」

「ええ、まあ……」

「私と相通ずるものがあるのです。大丈夫、お任せ下さい」

と、クロロックは肯いて、

「ただし、説得に多少時間がかかるかもしれません。〈幻想〉は後半ですな?」

「休憩の後です」

「では、前半は奥さんがいなくても辛抱して下さい。〈幻想〉が始まるまでには、必ずお連れします」

クロロックはそう言うと、高倉の肩を叩いて、楽屋を出た。


「そんな約束して大丈夫なの？」

と、エリカは訊《き》いた。

「まあ、見ておれ」

クロロックは肯いて、

「——ここだ、あの指揮者のマンションは」

と、足を止める。

「でも、入り口はこっちじゃないよ」

「いいのだ」

クロロックはマンションのベランダ側に立って、上を見上げた。

夜空にひときわ明るく、満月が輝いている。

そしてベランダの側は今、その月光を受けていた。

「見えるか。上から三つ目のベランダだ」

「三つ目？　――わずかにね」

「上るぞ」

「え？　どこを？　――お父さん！」

エリカは、クロロックがベランダへフワリと取り付き、次々に上のベランダへとマントを翻《ひるがえ》しながら上っていくのを見て、あわてて追いかけた。

「ちょっと待ってよ！」

――二人の姿は、もろ月明かりに照らされている。もし誰かに見つかったら、泥棒と思われるだろう。

しかし、クロロックはそんなことなど全く意に介さず、上り続けていく。

そして、目指すベランダへと下り立った。

「――お父さん」

「見ろ」

カーテンが開けてある。月明かりは、部屋の中に差し込んでいた。

部屋は明かりが消してある。

「どうするの？」

エリカが訊いた。

クロロックは、ベランダに面したガラス扉のロックの部分に、外から手をかざした。

力を送ると、ロックが外れる。

クロロックは扉を開けて中へ入った。

「閉めて、ロックをかけろ」

と、エリカへ言った。

部屋の中は、白い月明かりに染め上げられていた。

広いリビングルームには、何かの気配があった。

「恐れることはない」

と、クロロックが言った。

「姿を現しなさい。私は人間ではない」

ウー……。

低い唸《うな》り声が聞こえた。

そして、ソファのかげから、突然白い影が飛び出してきてクロロックめがけて襲いかかった。

しかし、クロロックはマントを広げると、素早く身をかわして、マントでそれをくるんで、押さえつけた。

「静かに！　静かにしろ。――暴れるな」

逃げようともがいていたそれは、やがて静かになった。

クロロックがマントをそっと外すと、そこには真っ白な毛並の大きな狼がうずくまっていた。

エリカは目をみはった。

クロロックは狼の頭に手を当てて、

「私はヨーロッパ、トランシルヴァニアから来た吸血族の一人だ。お前の同類。心配しなくてもよい」

と語りかけた。

狼は唸るのをやめ、床に座ると、クロロックを見上げた。

そして――白い狼は見る間に人間の女に姿を変えた。

高倉の妻、美貴が白い裸身を月明かりにさらしてうずくまっていた。

「知っていたのですね」

「ああ。私がかつて知っていた姫君は、人狼の血筋だった。あなたはその子孫だな」

「夫に隠して結婚し、満月の夜は何とか理由をつけて、一人になるようにしてきました」

「分かる。――しかし、それでもあなたは立派な妻だ。恥じることはない」

「そうでしょうか。夫を騙《だま》しているようで」

「私は吸血族だが、努力して人間と同様に昼間起きていられるようになった。あなたも、いずれその本能を克服できる」

「私も苦しんだのです。でも……」

「焦《あせ》ることはない。我々には充分に時間がある」

クロロックはかがみ込んで、

「さあ、一緒にコンサートへ行こう。あなたの夫は、今夜の〈幻想〉をあなたに聞いてもらいたいのだ」

「でも――月明かりを浴びていると、私は狼に……」

「このマントにくるまって行けばよい。私が超特急でホールへ届けてあげよう」

と、クロロックはやさしく言って、

「ただし、そのままでは困るがな」

美貴は恥ずかしげに微笑むと、素早くリビングから出ていった。

「――お父さん」

と、エリカは言った。

「立川《たちかわ》さんの喉《のど》をかみ切ったのは、あの人なの？」

「彼女は満月の夜だけ狼に変身するのだ」

「じゃ、誰が――」

「今に分かる」

と、クロロックは言った。

「お待たせしました」

純白のドレスに身を包んだ美貴が立っていた。クロロックはため息をついて、

「そうしていると、あなたはあの姫君にそっくりだ。――さあ、このマントの中へ」

クロロックがマントを広げると、美貴は、人間では不可能なしなやかさでクルッと体を丸めて、マントの中へと潜り込んだ。

「エリカ。扉を開けてくれ。——行くぞ」

クロロックはマントに包まれた美貴を抱き上げると、ベランダへ出て、そこから地上へ身を躍らせた。

「ちょっと！　待ってよ、お父さん！」

エリカはあわてて後を追った。

コンサートホールまで、クロロックの姿は木立を縫い、芝生を駆け抜けて、凄《すご》いスピードで突っ走っていった……。

失神

「先生……」

楽屋のドアを開けて、中を覗《のぞ》き込んだのは、フルートの氷川《ひかわ》しのぶ。

「しのぶか」

高倉《たかくら》は、楽屋の長椅子に寝そべっていた。

——コンサートは前半のプログラムを終えて、休憩に入っていた。

休憩は二十分しかない。

「前半、凄《すご》く良かったですね！」

と、しのぶは高倉のそばへ来て言った。

「そうかね」

「いやだ。——何を怒ってらっしゃるの？」

「別に怒っちゃいない」

「私のフルート、気に入らない？」

と、しのぶが甘えるように言うと、

「いや、フルートは最高だよ」

高倉はしのぶを引き寄せた。

「先生……。まだコンサート、終わってないのよ」

と言いながら、しのぶは逆らうわけでもなく、長椅子の高倉の上に身をかがめた。

「しのぶ……。僕は後半、振る気がしないんだ」

「ええ？　だって、まさか——。途中でやめるの？」

「気分が乗らない。こんな演奏を聞かせては、芸術家としての良心が許さない」

高倉はしのぶを抱き寄せ、

「このまま二人で逃げよう」

と、囁《ささや》きかけた。

「逃げる？　どこへ？」

「どこでもいい。どこかの静かな湖畔のホテルにでもこもって、愛し合うってのはどうだい？」

「すてき！　でも、キャンセルって大変でしょ？」

「なに、僕のファンはちゃんと分かってくれるよ」

「先生……」

二人が熱いキスを交わしていると――。

長椅子に仰向けに寝た高倉は、しのぶの背後に誰かが現れるのを見た。

誰だ？　――誰も入ってこなかったのに。

山崎《やまざき》だった。

山崎がしのぶの背後に近寄っていた。いつもとはまるで別人のように、ギラギラと燃えるような目をしている。

「おい――」

と、高倉が言いかけたとき、山崎がカッと口を開けた。

それは――人間のものではない。真っ赤に濡れた口、鋭く尖《とが》った牙、その牙が、しのぶの首筋に突き刺さろうとした。

ドアが開くと、

「待て！」

クロロックが飛び込んできて、山崎にぶつかっていった。

「あなたは……」

美貴《みき》が、クロロックの手で押さえつけられている山崎を見下ろした。

「この男は、あなたの従者だ」

と、クロロックは言った。

「あなたを守るために、自ら人狼となったのだ。しかし、逆に狼となって人を襲うことの快感に負けてしまった」

山崎は呻《うめ》いた。——いつもの、マネージャーの山崎に戻っていた。

「行け」

と、クロロックは手を離し、

「人里離れた山中へ行って生きろ。そこしかお前の住む場所はない」

山崎はヨロヨロと歩き出したが、

「それなら、いっそ——」

と、ポケットから鋭いナイフを取り出した。

「待て！」

クロロックが叫んだときには、その刃《やいば》が山崎自身の胸を貫いていた。

「──哀れな奴だ」

と、クロロックが言ったとき、

「あと五分です」

と、声がした。

「さあ、奥さんを連れてきた。立派に指揮を……」

クロロックは長椅子の方を見て、目を丸くした。

山崎を見たショックで、高倉も氷川しのぶも失神してしまっていたのだ。

しのぶはすぐに気がついたが、高倉の方は一向に目をさまさない。

「──先生、しっかりして！」

と、しのぶが泣き出しそうになっている。

「お父さん、何とかできないの？」

と、エリカは言った。

「どうも、これはすぐには無理だな」

「でも、もう〈幻想〉を……」

と、美貴が言った。

クロロックは、少しの間、腕組みして考えていたが、

「うむ」

と肯《うなず》いて、

「他に手がない。やってみるか」

「どうするの？」

「美貴さん、ホールの人間に言って、一番前の列の真ん中の席を一つ、空けさせてくれ」

と、クロロックは言った。


フルートのしのぶが席に着くと、少しして袖から高倉が現れた。

場内を拍手が満たす。

高倉はいつになくゆっくりと歩いてきて、指揮台に上った。

オーケストラが身構え、客席は静まり返った。

高倉は目を閉じたまま、指揮棒をゆっくりと振り上げた。

ベルリオーズ作曲〈幻想交響曲〉は始まったのである。

袖にいたエリカは気が気ではなかった。

客席一列目の中央、つまり高倉に一番近い席にクロロックが座っている。

高倉はまだ気を失ったまま。

クロロックが、あの客席からエネルギーを送って、高倉の体を動かしているのだ。

しかし、歩かせるとか転がすとか、そんな単純なことではない。曲を指揮して、オーケストラにも、客にも気づかせないようにしようというのだから……。

全五楽章。五十分近い大曲。

エリカにはいつ果てるともなく続くような気がした。

それでも、リハーサルがよくできていたのだろう、オーケストラは力のこもった演奏をくり広げた。

「——やった!」

曲が終わったとき、エリカは思わず飛びはねた。

場内は一瞬沈黙したが——。

次の瞬間、割れんばかりの拍手と「ブラボー！」の声が、場内を一杯にした。

高倉は客席の方へ一礼して、袖へ戻ってきた。

美貴が飛びついて、

「あなた！」

と、キスする。

高倉は目をパチクリさせて、

「――俺はどうしたんだ？」

やっと気がついた！

「お疲れさま。さあ、もう一度ステージに」

「待てよ。俺は今、何してたんだ？」

「〈幻想〉をみごとに振ったのよ」

「〈幻想〉を？　しかし――」

「いいから出て！」

美貴に押されて、高倉はわけが分からないまま、ステージへ出ていった。

それをくり返しているうち、高倉は段々いつもの自信たっぷりの様子に戻ってきた。

「いや、意識がないのに凄《すご》い演奏をしてしまうなんてな。やっぱり僕は天才なのかな?」

美貴は笑いをかみ殺して、

「もちろんよ!」

と、夫にキスすると、

「さあ、もう一度!」

と、ステージへ押し出したのだった。

解説

青《あお》木《き》祐《ゆう》子《こ》

お話をいただいたとき、おののきました。

「青木さん、『吸血鬼はお年ごろ』って読んでました？」

と、担当さんに尋《たず》ねられたのです。

「もちろん読んでましたよ。最近は遠ざかっていますけど、初期のころは普通に買ってました。高校のころとかかな」

「そうなんですか」

「そういう時代でしたから」

「じゃ解説書きませんか？」

担当さんはやけに嬉しそうでした。わたしでいいのでしょうか。今も書きながらすみませんというような気持ちが少しあります。もっとミステリーに詳しくて、赤《あか》川《がわ》次《じ》郎《ろう》先生の小説の魅力を的確に語れる方がたくさんいらっしゃるのではないかと。

光栄です。とても嬉しいです。

そういう時代、といっても、今の三十代から下の人にはわからないかもしれません。三十年以上前、昭和の最後の十年くらいのときに、赤川次郎ブームというようなものがあったのです。

わたしが赤川次郎作品を初めて読んだのは中学生のときです。朝の読書タイムというのがあって、友人が『赤いこうもり傘』を読んでいて、読んだことがなかったので借りたのがきっかけでした。

次の日に読み終わって返したら、ほかにもこういうのがあって面白いんだよという話になって、自分で買いました。『青春共和国』でした。面白かったです。軽い読み口だけど児童書でもなく、教訓を垂れるでもなくひたすら面白い。当時はライトミステリーというジャンルを知らず、なんだこれは？　と思ったのを覚えています。

なんだこれはと思うままほかの小説を読み、『セーラー服と機関銃』の映画を観て、『三毛猫ホームズ』のシリーズを集めました。「あたしは流行《はや》る前からずっと読んでいたもんね！」という別の友人と出会ったりして、赤川次郎作品は見かけたら買う本、読むものに困ったら選ぶ本になりました。『吸血鬼はお年ごろ』もその中の一冊です。

その後、社会人になり小説家になり、読書の好みも変遷していくわけですが、その中でこのシリーズを続けて読んでいたのは、雑誌Cobaltで連載していたからです。

今は休刊してしまいましたが、雑誌Cobaltはいわゆるコバルト作家による少女小説雑誌です。わたしはデビューしてからたびたび中短編を執筆しており、掲載誌が送られてくるたびに、ほかの作品にもなんとなく目を通していました。きらびやかな少女小説の中で、『吸血鬼はお年ごろ』は異色でもあったのですが、読みはじめるとついつい読んでしまう吸引力、リーダビリティがありました。

リーダビリティという言葉はわたしが小説家になってから知った言葉です。わかりやすく言うと読みやすい、読者を引き込む力があるということで、面白いとも文章がうまいとも違う感覚です。

当時、ぼんやりと、赤川次郎先生の作品はリーダビリティがすばらしいのだなあ、と思っていました。難しいことは何も書いていないのに、三行くらい読むと続きが読みたくなるのです。これって実はとても高度なことでは？　とあらためて思うようになったのは、さらに数年後。わたし自身ががむしゃらに書く時期を過ぎて、小説のスキルやテクニックというものを意識しはじめたころです。

デビューしたとき、当時の編集長から開口一番、「青木さんはキャラクターの人なの？　それともストーリーの人なの？」と尋ねられました。よくわからないままキャラクターの人ですと答えました。

それからは小説を読むたびに、この小説家のエンジンはどこについているんだろうと書き手の立場から考えたりしてきたわけなのですが、今回、あらためて赤川次郎作品を読み返して、赤川次郎という小説家は「設定の人」、「シチュエーションの人」なのかなあと思いました。

なにしろ最初のキャラクターの立ち位置や仕掛けが面白いのです。まず設定とシチュエーションを作り込み、キャラクターを配置し、あとは事件が起き解決されるのを、次はどうなるんだろうと読者と同じ気持ちで楽しみながら書いているのではないかと。

女子高校生が、ヤクザの組長を継ぐことになりました。けして痕跡が残らず簡単に効く毒を手にいれた。殺したい人がいる。どうする？妻が刑事、夫が泥棒。ふたりの夫婦関係は？霊感体質の女性が、幽霊見学ツアーのガイドをすることになって。

これらはわたしが読んでいた作品の一部ですが、もう設定だけで面白そうです。どうなるんだろうと興味をそそられます。

シチュエーションで忘れられないものといえば、『死体置場で夕食を』という作品があります。

雪山の山荘に迷いこみ、泊めてもらったらそこの客人たちがスワッピングしていて、次の日に死体ひとつ残して誰もいなくなっていた……。なぜスワッピング！高校生が読むには刺激的すぎるシチュエーションでした。そこに大金持ちのイケメンがからみ、「交換」を鍵にした人間関係が明らかになっていきます。傑作ミステリー小説です。

赤川次郎作品は、どんなに刺激的な、あるいは陰惨なシーンであっても、さらっとしています。軽妙な文章と前向きなキャラクターが毒気を抜いてしまうようです。だからこそ書けるシーンというのがあるのだと思います。読み手は負の感情にひきずられず、ほのかな色気や不穏な雰囲気を楽しみ、これはどういうことなの、次はどうなるのと素直に思いながら物語を追いかけていくことになるのです。

さて、『吸血鬼はお年ごろ』です。

主人公にして狂言回しが、神代《かみしろ》エリカ。明るくて可愛くて友だちも多い女子大学生です。

彼女の父親が、フォン・クロロック伯爵。名門吸血鬼の末裔《まつえい》です。エリカは吸血鬼と人間とのハーフ、ダブルということになります。

このシリーズの仕掛け、設定の妙はこのお父さん、クロロック伯爵にあります。トランシルヴァニアから日本にやってきた、齢《よわい》何百歳の高位の魔物。瞬間移動もやってのければ念力もある、人を遠隔操作することもできます。吸血鬼なので世俗的な欲がなく、時に酷薄で、それでいて愛情深く、たまにしっかりもののエリカとの親子漫才が始まるという油断のならない相手です。

エリカとクロロック伯爵との信頼関係は盤石《ばんじゃく》です。エリカはごく普通の学生生活を営んでいるように見えて、実は万能の後ろ盾をもった、超越した女の子なのです。この無敵のエリカのまわりに、不可思議な事件が起こります。これは何なのか？犯人は誰なのか？

エリカは人間と魔物のどちらにも属する者として、そういった事件に勘づき、引き寄せてしまうのでしょう。ほころびの原因を突き止めるべく事件を追うことになります。魔界の邪気とクロロック伯爵のパワーとで、何が起こっても不自然ではありません。

物語は事件の当事者――市井《しせい》の人間たちと、事件を俯瞰《ふかん》で見るエリカたちとの交互の視点で語られます。

この文庫の一話目、『吸血鬼は初恋の味』は、五十八歳の男性会社員の独白から始まります。

赤川次郎作品には、中高年の会社員や主婦の悲哀、そしてその中にある小さな幸せがさらりと描かれていたりするのですが、これもそのひとつだと思います。

人生の折り返し地点をすぎた人間にとっての、やり直すという言葉の誘惑。最後のエピソードがさりげなくも力強く、きいています。

二話目の表題作、『ミス・吸血鬼に幸いあれ』は、僻村《へきそん》に住む女子高校生の話です。いつかこの場所を抜け出したいという思い。応援しているようでわかっていないお母さん、反対するお父さん。全員が悪い人ではありません。頑張る女の子の話です。

それぞれの心理状態を詳細に書いていったら切ない家族ドラマになりそうな話です。短くまとまることで余韻を残しています。

三話目『吸血鬼、タクトを振る』は、赤川次郎先生のお得意のクラシック音楽の話です。世界で一番有名なヴァイオリン、ストラディヴァリウスの名前を初めて知ったのは『赤いこうもり傘』だったなあ、などと思いながら堪能《たんのう》しました。

この話のポイントとなるのは、天才にして性格破綻者、という音楽家のキャラクターです。大きな欠点と魅力を併せ持つ人間のまわりには、大きな愛憎が渦巻くものです。おそらく邪気も入り込みやすいのでしょう。そう思える結末でした。三話の中ではいちばんおどろおどろしい話でもあります。他の話もそうですが、このシリーズはライトな中に時折、ゴシックホラーの風味が入りこんでくるのが味です。

最初に掲載されたのがずいぶん前なので、スマホが出てきません。それでも古く感じないのは、扱っている人間ドラマが普遍的なものだからだと思います。決定的な悪役はおらず、誰かを責めることもありません。全体を通して、ドライな吸血鬼の視線の下に、不器用な人間たちへの優しいまなざしが隠れています。

今回解説を書くにあたり、過去の雑誌Cobaltを引っ張り出してみました。ありました。わたしのデビュー作を掲載した雑誌に、『吸血鬼と生きている肖像画』が。

わたしが高校生のころに大学生だったエリカは、社会人を経て新人少女小説家になったときにも大学生でした。それからわたしはベテラン少女小説家になり、女性会社員の話を書くようになり、腰が痛いだの目の焦点が合わないだのと思うようになっているというのに、エリカはまだ大学生です。友だちとおしゃべりをし、母親違いの弟の面倒を見つつ謎を解き、クロロック伯爵と親子漫才をやっています。

きっと、これからもずっとそうなのです。とても不思議な気持ちになりました。

なぜ彼女たちは変化しないんだろう。もしかしたら見られているのはあちら側ではなくて、わたしのほうなんじゃないだろうか。永遠の世界で生きているエリカたちが、ものすごい勢いで年月を消化していくこちら側の世界を面白がって眺めている、これはそういう小説なんじゃないんだろうか。だって吸血鬼だもの。

ふとそう思ってひやりとしました。これこそがこのシリーズの醍醐味《だいごみ》で、赤川次郎先生が作りあげた、いちばん大きな仕掛けなのかもしれません。

（あおき・ゆうこ　小説家）

この作品は二〇〇五年七月、集英社コバルト文庫より刊行されました。

集英社文庫

赤川次郎の本

〈吸血鬼はお年ごろ〉シリーズ第20巻

吸血鬼と栄光の椅子

ウィーンに旅行中のクロロックとエリカ。
カタコンベにあった大量の白骨が、
一夜のうちに消えてしまった!?
正義の吸血鬼父娘が謎を追う!

赤川次郎の本

東京零年

巨大な権力によって闇に葬られた事件。その真相を追う若者たちの前に、公権力の壁が立ち塞がり……。巨匠が今の世に問う、渾身の社会派サスペンス。第50回吉川英治文学賞受賞作!

集英社文庫

ミス・吸血鬼《きゅうけつき》に幸《さいわ》いあれ

2020年6月25日　第1刷　　定価はカバーに表示してあります。
2021年4月12日　第2刷

著　者　赤川次郎《あかがわじろう》

発行者　徳永　真

発行所　株式会社　集英社
東京都千代田区一ツ橋2-5-10　〒101-8050
電話　【編集部】03-3230-6095
【読者係】03-3230-6080
【販売部】03-3230-6393(書店専用)

印　刷　大日本印刷株式会社

製　本　ナショナル製本協同組合

フォーマットデザイン　アリヤマデザインストア　　マークデザイン　居山浩二

ISBN978-4-08-744130-7 C0193